サイド バイ サイド

共存する仲間たち

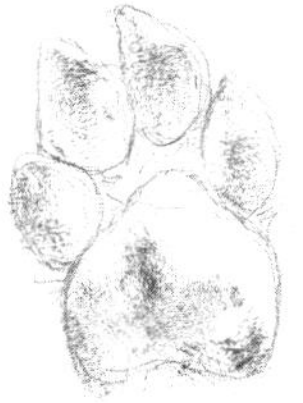

比企寿美子

春秋社

人は　こころが重たくて　もう足が前に出ないと思った時
ふり向くと　ほら　誰かが　何かが
あなたに伴走しているよ

目次

サイド　バイ　サイド

共存する仲間たち

1

ともに生きる

空爆下のいのちたち

緑の風がわたる墓苑の一角、今日もまた手を合わせ別れの涙を拭う人が佇む。十数年の喜怒哀楽を共にしたペットをファミリーとして、この日ここに葬った。

たかが犬ッコロ一匹と言われようと、長年癒し癒されたパートナーとして、人は犬と共存することによってその特性を理解する。テレビ画面で、太古の昔を物語る時も、現代の文明が未だに行き届かない森林の奥深くも、住む人々の傍には、何故か必ず犬がいる。長い人類の歴史から、営々と犬と人は切っても切れない友情で結ばれ、一方通行ではなく互いに感情のやりとりがあると、動物学者が分析する。

では「猫はどうなのよ」と開き直られると、困る。

三十年以上前にフランスで仕事をしていたヘアアーティスト夫妻が、帰国して西麻布の交差点付近で美容室を開いた。一見の客が鏡の前に座り「あーやって、こーやって」と注文すると、肩に掛けたばかりの白いケープを取り除きながら「それは、ウチでは出来ませんから他所へ行って下さい」と断る。愛想がなく世辞一つ言ってくれるわけではないが、黙って座ると何時もの髪型が出来上がるという気楽さから、渡仏以前の常連が癒しの場とした美容室だった。

ある時、小さなパステルカラーの猫が一匹、わがもの顔でふわふわの敷物を敷いたバスケットに、テラスからの陽光を浴びて安眠していた。フラリと迷い込んで来てそのまま居ついたというので、「あ〜野良猫かぁ」と言うと「いいえ、地域猫です。仕方ないから、予防接種をして、避妊手術もして、バスケットと布団も買ったんですけど、ペットって結構お金かかるねえ」と、ぶすっと答える割には手厚い。

足許に擦り寄るこのモモちゃんを撫でると、「ダメダメ、優しくすると居つくから」と店主が言う。だが、そうして数年が経ったある日、来た時と同じように突然、籠が無くなりネコも居なくなっていた。フラリと出て行ってそのままだと言うのだが、結構可愛がっていたようで「寂しいでしょう」と言っても、「そうね」としか返事がない。ネコというのは、媚びずおもねらず、気分が乗らないとヒラリと身をかわすそうだ。この美容室のオーナー夫妻はよく似ていると思う。

時は一九二七年、母は大阪の中心地にぎやかな堂島から福岡市の住宅街に嫁いだ。現在の大都会福岡の片鱗もなかった静かな町は、身内も友だちも無く、言葉も全く異なり、散歩に出かけても楽しく無い。ふと、道の途中で見かけた警察犬訓練所の看板が目につき、金網にしがみついて中を覗くと、大型の犬たちが訓練を受けていた。

毎日のように現れる小綺麗な着物の若い女を、中の職員たちが気にならないはずはなく、そのうちに犬舎の中まで見せてくれ、生まれて間もない仔犬を抱かせてくれた。三か月ほど経ったとき、「教えてやるケン、ちゃんと訓練バせなイカンよ」と、所長がその先の授業料もソロバンに弾きながら、中でもひと際小さな仔を譲渡してくれることになった。

嫁入りの時、母親から緊急用にと渡された財布が、空になるほどの金額を支払って、袂で大切に包み家に連れて帰った。華奢なその仔は、警察犬には逞しさにおいて不適合と判断した所長は、良い商売をした。

このジャーマンシェパードは、ジュリエという名にふさわしくエレガントで、見目麗しく性格も穏やかだ。薙刀《なぎなた》を構える女性武道家の様に、タスキを掛け裾を端折った和服の母が、所長に教えられた通りの訓練に励む写真が一枚残っている。

ジュリエは五歳を迎えたある冬の朝、「キャオ〜ン」と一声啼いてあっけなく逝った。心臓にフィラリアが入ったのだろうと診断した獣医さんは、落胆する母を気の毒に思ったらしく、「大型犬としては平均寿命で、よく育てられたもんですヨ」と慰めた。

最近の日本ではペット医療が著しく進歩しており、飼う方も飼われる方にも手厚く、ジステンパーやフィラリア等で急死するということもまず無くなって、それだけ長い時間を共に過ごす事が出来るようになっている。

「ウチの子の中で、一番よく言う事をきいて、本当にいい子だった」と、年を重ねてからも、母は溜息をつきながら懐古したが、その「ウチの子」

の中には、兄とわたし、そして飼い続けた多くの犬たちが含まれている。

飼い犬が死んで哀しみの波が静まると、次を飼いたくなるものである。だが母はジュリエが死んだ時に人間の子を身ごもって、すなわち私の兄を産んで、ペットロス症候群に罹からずに済んだ。

未熟児で産まれた兄は随分と手がかかったが、無事に幼稚園児まで成長し、母はジュリエに注いだ訓練の情熱を兄の教育へと傾けた。受験塾など無い時代だから、地方都市の名門、師範学校付属小学校へのお受験対策は、算盤片手にさんすう、こくご、歌に体操、自分では苦手のはずのお絵描きまで自ら教え、その上情操教育としてヴァイオリンも習わせた。昭和一桁時代に教育ママのハシリであった母に対する兄は至って従順な子であったが、第二次大戦後には大人としてアルコールとタバコで成長し、反骨精神満載の、風変わりな面白い心理学者のオジサンに出来上がった。

兄が小学生になった頃、四十そこそこ若くして大学教授に抜擢された父は、転勤先の長崎で先輩からいじめに遭い、日々ストレスを積上げる。ある日、久方ぶりの満面の笑みを湛え、仔犬を抱いて帰って来た。

血統書付きの由緒正しい秋田犬を、キチと名付ける。母の愛犬ジュリエのように頭脳明晰ではなかったものの「お前は通信簿を貰う訳でないから、何も出来なくてもいいんだ」と、キチのモコモコの首回りを撫で、太い尾っぽを動かすのを見るだけで、父の一日の憤懣とイライラは飛んで行く。

現代風で薄茶色い秋田犬のキチを、繁殖元から勧められてドッグショーに出すと最優秀賞をゲットした。出勤前にキチをつれて散歩に出て、坂の多い長崎市の山手の家から、急に引綱を引っ張られキチは遁走し、父は転げ落ちて全身がすりむき傷になってもキチを責めたりしなかった。

負けじと母は、二人目の赤ん坊であるわたしを赤ちゃんコンクールに出す。「見た目は太っちょるが、コリャ単なる水ぶくれじゃ」という審査員の一言で、見事に落選した娘を尻目に、キチはドッグショーで何度も優等に輝いた。

キチが六歳で死んだ頃、長崎市内には不穏でキナ臭い空気が漂い始め、巨大なテントで囲まれた造船所では、戦艦武蔵が建造中という街のうわさであった。父は次の任地の岡山へ転勤となり、家族ともども引っ越すことになった。長崎に世界二つ目の原子爆弾が落とされる二年前のことである。原爆の被害は受けなかったが、岡山への移住は一家にとって幸いした訳ではない。

時の軍事政権は、国民を統制しようと隣組という組織、政府の意思徹底化と、互いを監視しチクり合うシステムを構築した。連絡の方法には回覧板を用いて、国民を否応なく戦争へ向かわせ、プロパガンダに「贅沢は敵だ」「欲しがりません、勝つまでは」「身に着ける金属類を供出し国力にしよう」という御ふれを発した。回覧板を目にした極く一般人である母は、結婚指輪まで差し出してしまい、父を大いに落胆させる。

やがて「国民が食糧に困窮している時に、イヌネコなどのペットを飼うのはムダ。直ちに始末せよ」という回覧板が来た。国内の動物園では、ゾウなど大型動物を、飼育員たちが慟哭しながら餌を絶ち餓死させた。上野動物園での実話が、戦後の小学生に戦争と言う魔物の残酷さ恐ろしさを教えた。

「空腹の犬に餌を与えないなんて、出来るわけない。『お腹すいたよォ』とこちらを見る目を思っただけで苦しい。キチはいい時に亡くなった」。父も母も、何度もそう呟き合う。戦時とは、ペットを飼うゆとりと相反する、きわめて不穏な時代である。

日を追って日本各都市への空襲は過激となり、岡山では梅雨の終りの深夜に飛来した一〇〇機を越えたB二九が、焼夷爆弾を降らせ、一夜で、街も人も焼き尽くした。

その空襲で命を奪われた犠牲者の中に、わたしたちの大切な家族、外科のメスで人を助けることに生きた祖父と、優しい祖母も含まれる。

家の天井裏ではネズミが昼夜分かたず運動会を繰り広げ、勝手にファミリーを拡大した。これに対処するために知り合いから一匹の仔猫をもらい、ペットとしてではなくネズミの天敵としてお出まし願った。

父の長崎大学勤務時代に、わが家に度々遊びに来て家族で親しくしていた若い医師が、突然、海軍の軍服に身を包んで玄関に立った。「近々、戦地に赴くので、その前に皆さんにお目にかかりたくて」と、言う。海軍の拠点である呉から来た事、何処に何時行こうとしているのか、軍事機密は勿論一切漏らさない。

当時国民の唯一の娯楽であった映画の、銀幕スターの様な甘い顔とすらりと引き締った体は、ネービーカラーが似合い過ぎ、今生の別れを告げるには、むしろ哀しい。

「おや、先生の所はイヌ派だと思ったら、ネコ飼っているんですか」と微笑む。

「ネズミ対策でね。でも家庭で飼う動物は処分しろと、この間、回覧が回ってきて困ってるのよ」と母が嘆く。

母が台所に立つ時を見計らい、中学生の兄に「久しぶりに一緒に外へ出ようや」と、ネコを抱き上げながら誘う。近くの旭川で、シャツの袖をまくり上げ貸ボートのオールをぐいぐい引いて川の中ほどでオールをボートの中に置いた。そしていきなり兄の抱くネコを取り上げ、川に放り込み、オールでネコの頭を叩き沈めた。

「アッ」と、いつも遊んでくれる優しいお兄さんとは全く異なる顔を、兄は見つめ、視線を水の上に落とした。

「戦争というのはなあ、こういうもんなんだ」と、ボートを岸につけながらつぶやく。そして二人は一言も発することなく家に戻った。

それから終戦を迎え七年ほどが経った。わが家は九州の福岡に落ち着き始めた時、あの先生が、再び突然に訪ねて来た。「お陰様で命永らえ復員して、故郷の父親のクリニックを継ぎました。妻を娶って去年、子どもも生まれまして」と、照れる。そして戦争の苦い思い出が、全て髪の毛と共に抜け落ちたと話しながら、毛髪がすっかり無くなった頭をツルリと撫でて微笑んだ。遠くなった昔と同じ、優しく美しい笑顔によってようやく平和を喜ぶことができた。

戦火が消えた

戦争は家族も家も、家財道具も、一切を焼き尽くし奪い去って終り、父は再び九州へ転勤で戻ることとなった。

第二次大戦の末期に飛来した米軍機が、日本の特攻隊によって阿蘇山外輪に墜ち落とされた。乗組員は日本の軍隊に捕まり大学病院に連行されて、麻酔はかけたものの医学実験の為の手術、世に言う生体解剖が行われた。

戦争が終わると直ちに占領軍は携わった大学病院外科の幹部を捕虜虐待の罪で裁判にかけるために、そっくり逮捕した。本来は最もアカデミックで学問の活気にみちているべき大学の研究室には、玄関ホールで大理石の床を踏み鳴らす米国軍ＭＰの軍靴の響きが、居丈高に静寂を破る。

父は出身校の惨状を救うようにと同窓会から強く要請されて熟考の末、大理石の冷たい床に覚悟をもって踏み入る。「食うもん、住む家は心配しなくてよい」と言われ、一家四人がどうにか過ごせる僅かな荷物を持ち、関門海峡トンネルを潜って、博多駅に着いた。

戦場から帰還したものの荒ぶる気持ちそのままの人々、生活に困窮した人々が起こす、空き巣から強盗、そして命までも奪う乱暴な事件が福岡市内でも頻発して、世情は物騒この上ない。わたしたちは、提供された庭付きの大きな一軒家に、使わない部屋には一日中雨戸をたてて暮らした。

勤務や学校で家族が出払う時間、独りになった母は人の百倍の恐がりで僅かな物音にも飛び上がる。戦前、福岡にいた頃、家周りの仕事を手伝ってもらっていた知り合いに連絡をとった所、すっかりゴマ塩頭になったオジサンがすっ飛んできてくれた。

「よくまあ、ご無事で……、お互いさまに、生きとられて良かったですなあ」と当時の定番である挨拶を交わす。オジサンは、痩せてゲッソリとやつれ、こめかみの上に白髪が見える母に昔の面影を探しながら、しばらくボオッと見つめ続けた。

「今にも強盗が入って来そうで怖いの」と、窮状を母が涙声で訴え「番犬を調達して下さい」といきなり頼む。

日をあまり置かずにオジサンは、仔犬を抱いてやってきた。汽車で三駅ほど乗って農家の知り合いに事情を話すと「ウチの畑で、スイカ泥棒の番バしよる犬の仔で」と言いながら、縁の下から黒い塊の一匹をつまみ上げて渡してくれたと言う。オジサンのコートのポケットに入れられ、汽車で博多駅に着いた犬は、押しも押されもしない、雑種である。

雑種と言っても、現在のように意図的に美人さんの膝の上が似合うキュートな姿形に創られたミックス犬とは、全く異なる。多くの放し飼いの犬たちが自由気ままに恋をして親族を増やした結果の産物である雑種は、首輪も着けず国中の至る所にいた。

尾っぽを細かくチロチロと動かすからチロと命名する。黒い短毛で胸もとと四つ足だけが白く、以前飼っていた大型犬たちの頭よりも小さいチロが「果たして番犬になるのかしら」と母は真剣に悩んだ。爆撃に遭ってすぐ周りに数多くの死を見て、あらゆる苦労を乗り越えて来た一家にとって、この犬の小さな生命が抱き上げた手の中で確かに脈打っており、小さなぬくもりが愛おしかった。

人間が日々の食物に事欠いている日本で、戦勝国のアメリカではあるまいしペット用の食餌など在るわけがなく、食べ残した麦飯に味噌汁をかけただけを与えると、チロの痩せた体の腹だけがポンポコリンとふくらみ、日を追って成長した。

裏庭にオジサンが木切れを集めて雨風しのぐ小屋を作製して、芋の入っていた俵を敷くとチロは大いに気に入り、この個室はその後に産室となった。

玄関に人の気配があると直ちに「ワンワン」吠える。家の人間と外来者の関係を敏感に感じ取り平穏な会話が聞こえると啼き止むが、訪問セールス、強引な押し売りなどには、一際カン高い声で啼きわめき、遂に退散するまで吠え続ける。

「まあ、オマエはなんて賢いんでしょう」と、シェパードのジュリエ以来の感激をもって、母はチロの偉業を繰り返し褒め、頭を撫でた。
まもなくオジサンが「お宅は広いケン、二匹は居った方がヨカ」と、もう一匹の仔犬を抱えて来た。「むかしの秋田犬に色が似とるケン」と柴犬風の薄茶色のメスを選んでくれたそうで、お相撲さんの横綱照国の様に丸々と太っていたので名をテルとした。

食糧が乏しいこの時代「太っている」イコール「裕福」の証で、相手を褒める言葉でもあった。知人女性が、街中であろうとなかろうと顔を合わせると「まあ、センセ所のお嬢ちゃん、よう肥えてはりまんなぁ」と、チロの様なカン高い声で声掛けしてくる。誉め言葉と分かっていても、青春前期に片足がかかりその上ゴボウみたいにやせ細っていたわたしは、その度にとても傷ついた。

チロは、わが家の防犯係として任務を果たす。江戸時代から泥棒や窃盗の類は大仕事に掛かる前、気持ちを落ち着けるために脱糞すると読んだことがある。ある日、我が家の裏庭のフェンス沿いに巨大な落とし物がクシャクシャの新聞を載せて残されていた。そういえば、昨深夜チロの「ワンワン」が止まなかった。その声に阻まれてか、落とし主は初志貫徹しないまま逃げたと思われ、チロの株は上る一方だった。

翌朝、チロは尾頭付きのイワシの丸干し二尾をご褒美に貰う。テルがチロと二重奏で吠えたとは思えないが、戦後民主主義社会にじんわりと浸透し始めた「平等が大切」に則って、母は何もしなかったテルにも丸干し一尾を、お相伴として与えた。

ある日、テルは木戸の隙間を発見すると思い掛けず敏捷にそこから家出した。「テルどこ行ったの、チロ、捜してきて」と頼むと一目散に駆け出して捜索しに行く。何度も家と外を往復した後、やがて自分の責任のように申し訳なさそうに戻って来て庭土の上にぺたんと座り込んだ。

近所の人が、そんなに遠くない所に集落を作って住む「茶色の犬がウマい」と食する人々の〝赤犬狩り〟の網にテルは引っ掛かったのかもと、教えてくれた。

半年を過ぎたチロが、発情期つまり繁殖のシーズンを迎え、初回は穏やかにすぎたが、次回には、わが防犯優等生のチロが、トンデモナイ男好き、色好みと発覚する。

現在では女性の生理についての啓蒙が、テレビでも新聞や一般誌などを通じて堂々となされる。人間の女性は、概ね月に一度の排卵をし二週間ほど子宮内に留まった卵子は受精などがなければ、やがて内膜ごと剝がれ体外に抜け落ちる。これを月経という。

中学へ入学すると間もなく、女子は体育衛生の時間に、人の排卵機能を含めた生殖機能について、いわゆる性教育の授業が文部省のカリキュラムに従って行われる。わたしの中学校でも、一人の女性教師が茹でたトマトの様に真っ赤に頰を染めながら、小声で実に回りくどく二回にわたって講義した。

この頃、戦争へ召集された多くの男子たちが戦いの犠牲となって命を落とし、国民の若い世代の男女比が著しく歪んで、つまり女子の結婚相手の絶対数が足りず、妙齢の独身女性は増えた。

そういう中の一人がこの授業を担当した教師な

のだが、日ごろ生徒に対して目を三角にして厳しく叱る報いか、「オールドミス」と陰で呼ばれる。生徒たちには、この意地悪な根源が、気の毒にも青春を戦争のために失ったから生じたなどと、分る筈がない。性的な体験はおろか情報も乏しい時代に青春を鬱屈させて過ごし、今回たまたま担当することになった授業で、教科書や資料を片手に自身の想像力だけを頼りに真面目にやみくもに勉強したらしい。その結果に行った授業の内容で、教室の生徒たちはちょっといびつな興味だけを膨らませ、性についての正しい理解が伝わったとは考えられない。

今から七十年も昔、わたしは中学一年の夏休みに初潮を迎え、真面目にあの時の授業を聞かなかった罰当たりであったためか、突然の出血をみて血相を変えた。

母はニッコリと動じず「アラ、オメデトウ」と、具体的に手当の方法を指示し、夕食に赤飯まで用意する。

「何が目出度いものか」皆が寝静まってから独り、脱脂綿に水分を通さない油紙などを重ね合わせて生理用のナプキンを、やり場の無い腹立ちを口に出しながら製作する。その日が来ると、自家製ナプキンを当てた上に、生ゴムが貼られた月経パンツを着けるのだが、夏の暑さと湿気の季節には、お仕置、拷問の道具だった。

「月経」とか「メンス」と口に出すのも憚られ「生理」と言う言葉さえも無く、「今日はアレの日」とか「ブルーデイが始まった」と、公にすることが極めて恥ずかしい、そんな時代である。

高校を卒業した頃か、アメリカの生理文化に遅れること四十年で、生理用のナプキンが「アンネ」という名で、電撃的に世に出た。この製品で日本中の若い女性は救われたと言っても過言ではない。「今日はアンネの日」とも以前より少しオシャレに話すこともできる。

望んでも妊娠出産という過程を歩めないで苦悩する方々が世の中には居る。わたしは、中年を迎えた時に見つかった腫瘍を取り除く手術で、ごっそり女性の機能も除去した。

「それは大変だったでしょう」と友人たちに言われたが、正直言うと、もうあの月々の悩みが無くなるという歓びの方が大きかった。女性の生理について堂々と画期的に報道でも伝えられる最近、白昼でも生理用品や対処する薬剤のＣＭは多く、清潔かつ便利となって現代の女性たちはどんなにか助かっているだろう。だが、今も月々の生理時の、辛さ、痛さ、気鬱さなどは、おそらく変わらず「その辛さ、解っているよ」という男性は確かに増えたものの、本当には解るまい。

女性という性を背負いながら、媚びず揺るがず、人間として生きる人々が歴史上でも存在し、現在では増え続けている。例えば、国の始まりを仕切った卑弥呼、そして近年になって国連高等弁務官であった緒方貞子さん、それから、世界一のリーダーであったと誰もが認めるドイツのメルケルさん等々と、わたしの薄ボケ頭にも瞬時に名前が浮かぶ。

日本で国をけん引する女性の国会議員の数は、第二次大戦後に婦人参政権を得た当時とほんの十人ほど増えただけで、その比率は世界最下位に近いとされるほど少ない。文明国と名乗る日本で、男性が偉くて女性はダメと、誰が決めたのだろう。

さて犬は、年におよそ二回くらい、出血を伴って排卵して、オスを受け入れる状態、つまり恋のシーズンを迎える。時期を迎えたチロは、フェンスの下の土を狂おしく掘って掘って掘りまくり、そこから抜け出して家出をした。二〜三日後に、数匹のオス犬を引き連れて戻ってきて茶の間の前の裏庭で、年頃を迎えたばかりの娘のわたしには見せたくない光景を繰り広げ、用を済ませた犬はさっさとフェンスを潜って帰って行く。

大学生のオトナであった兄は、「ア〜ア、あのシェパードもどきは、ダメだナ、チロに完全に嫌われてるよ。デカくてのろまなアイツ、シッカリしろよ」と応援した。そして「なんでチロは、見てくれ悪いのにあんなにモテるのかなあ」と母に問いかける。「烏の濡れ羽色が艶々して、小股が切れ上がっていて、振るい付きたくなるほど粋なのじゃあないの」と、母が自分の父親を通してみた花街の女性を思い浮かべながら見解を述べ大人の会話をしていた。

寄って来たる結果は誠に明白で、お騒がせの二か月後には犬小屋の中にチロ以外に、四〜五つの様々な色の毛玉がモコモコと動く。チロはやせ細り、ぺったんこの腹に大きくなった乳房を与え、小屋から脱出する以外、熱心にこの毛玉どもを舐め回し、母性本能を発揮した。

ある種の鳥や動物は、カップルで協力しながら子供を育てるが、オス犬は出産には全く関与しない。チロは心をこめて、生れ出た仔を育てた。

人間の男子は如何なものか。

母親の身体から吸取れるだけ栄養を貰い、丸々と太った仔犬たちが、離乳期を迎え外で遊ぶようになる。夏休みでヒマな兄と、母と私は夢中になって、それぞれに名前を付けたりして仔犬を楽しんだ。出産イベントの数回目を過ぎると、命名の知恵が尽きて、音楽家シリーズでバッハ、ショパンと言う具合に、小説家や画家シリーズで名付る方法を、兄が考えつく。

数年を経てチロも出産はこれが最後かも知れないと、画家シリーズのマチス、ルオー、ピカソそしてゴッホとした中から、大型犬好みのわが家は、一番大きな体のゴッホを家に残すこととした。

ゴッホの顔は、漫画に描かれた間抜けなドロボウの様に口の周りに黒いマスクがかかり、耳と尾はデレリと下り、こげ茶色の毛並みに土佐犬が相混ざったような体形で、一見リカオンに似ている。ゴッホはむくむくと大きくなって母親のチロの三倍ほどに成長した。風体とは裏腹に、一向に自立せず何時もオカアチャンの後をつきまとう。その度に母親のチロは、黄色くなった歯をむき出しにして、金切り声で叱りぜんぜん優しくない。

ある時、フェンスを潜って出て行く母親を追ったゴッホが、しょんぼりと独り戻って来た。洗濯物を取り入れようとサンダルを突っかけて庭に出た母が、オクターブ高い悲鳴を上げる。

百八十ｃｃの牛乳瓶を咥えたゴッホがボオッと立っている。お手伝いが「ソレって、お向かいの家に配達された牛乳ですよ。何時もは三本あるのに今日は二本しかないのかなぁって、お玄関を掃いていて思ったんです」と報告する。ゴッホは戦利品を母に見せびらかすように、急に尾を振った。

幸い中身は異常がないので瓶を綺麗に洗い、ゴッホのヨダレを拭き清め、「道に転がっておりましたのでお持ちしました」と口上まで教え、お手伝いさんに返しに行って貰う。牛乳瓶の代わりにと、口にいれてやったイワシの丸干しを、当然ながらゴッホはご褒美と受け取った。

翌日からお向かいでは、牛乳瓶の置き場を変更した。だが、新聞や布切れなど返却不可能のものを近所から咥えて帰り、じっとこちらを見るゴッホに、母は丸干しなどやるはずはなく溜息だけを投げ与えた。

数日たった時、今度はお手伝いさんの絶叫が聞こえた。誇らしく持ち帰ったゴッホの戦利品は、想像を絶するものだ。口からだらりとぶら下がっているのは、既に目を閉じた立派なトサカのニワトリで、地べたに置いたゴッホは「どうだ」と言わんばかりに母を見上げ尾っぽを振る。

毎朝早くに元気よく時を告げていた坂下のお宅のモノに違いない。まさか「お宅の玄関で鶏サンが卒倒していました」と返しに行くわけにも行かず、そっと古新聞で被い包んで、父の帰りを待った。家族会議の結果、翌日、大学の研究室に持って行って鶏の処分を頼むことにした。次の日の暗闇が覆う頃、食料欠乏の時期外れに晴れ日のご馳走である鶏鍋の、豪勢な臭いが研究室から明るい歓声と共に辺りに溢れる。

なにか困ったことが生じると父が研究室に持ち込むことを、常々わたしは感じていた。

ある日、父の忘れ物を届けに研究室に行った時、わたしは中から出て来た白衣を着た人から声をかけられた。

「オー、この前の仔犬ナ、大きさもちょうど実験によかったケン。トウチャンにまた仔犬バ、持って来てと、言うとって」

後ろで研究助手の女性が、この人の白衣の袖を力一杯引っぱる。

「シェンセイ、シェンセイ、この娘さんのお父さんは、教授ですバイ。実験動物屋のオジサンとは違いますケンね」と、囁くのが聴こえた。これまでに、チロの産んだ仔犬たちは父の自転車で運ばれて、飼ってくれる人々に分けられ、それぞれの家で可愛がられていると信じていたわたしに、今、真相がみえた。

夜帰宅した父に尖った声で問いただすと、

「貴重な医学研究の実験に役立ってもらった。チロの子どもたちは、立派に医学貢献をしているのだ」と父が重たく告白した。

「人間の命が動物の命より重いと、誰が決めたの」と泣きながら食い下がるわたしは、七十年を経た今でも、未だにその答えが見えてない。

数々のエピソードを残したゴッホが、物置の前で倒れ、ひっそりと薄命を閉じた。見た目可愛いわけでも人懐こくも無く、母犬にうるさがられた一生が哀れと、大きな深い穴をオジサンに掘って貰い裏庭の隅に亡骸を埋めて、母は自分で丹精し咲かせた一番大きな白いバラを一輪、涙を添えて、手向けた。

チロのお色気も干上がり、終日日向ぼっこして過ごすことが多くなる。横浜の短大に進学したわたしが実家を離れ、寂しさの空白を埋めるために、室内犬を飼おうと母は考える。東京に住む犬好きの叔父に頼むと早速、当時は庶民の手が届かなかった高い航空運賃を使って飛行機に乗り添乗員のオネエサンに「カワイイ」という言葉を一杯浴びせてもらったワイヤーヘアードフォックステリアがやって来た。名をチャーリーという。

「そんなコマっしゃくれた小型犬なんか」と鼻先で笑っていた父が、ミカンをむいて一袋を与える時に、前足を揃えてリズムをとる「おミカン頂戴」なる芸を教えて、目じりを下げるのは間もなくであった。横浜の学生寮に居たわたしには、母からチャーリーのためにトリミングの教習を受けるように厳命が下った。この犬種は定期的に形を整えないと、単なる白黒の雪ダルマになると言う。

トリミング、つまり専用のナイフで毛をむしり取る方法を、貴重な週末を使って習い、わたしは飛行機でなく、夜行列車に十八時間揺られて九州へ、正月休みの帰省をした。

実家ではチャーリーがわがもの顔に座敷を飛び回り、確かにそれなりに可愛い。「おミカン頂戴」をしては点数を稼ぎ、帰ってきた娘はこの家でどの位の地位にいるのかという目で、わたしを観察する。餌を貰うとガツガツ食べ、こぼれた粒を拾おうと手を出すと「ウ〜」と言うのは許せなかった。これまでの犬たちで飼い主家族に「ウ〜」と言うのを聞いた事がない。高齢になりつつある両親にとってみれば、わがまま放題の孫の様な存在であろう。

チロは松の木の根に囲まれたくぼみの中に、すっぽり納まり丸まって日を送る。視線の先のガラス越しに座敷の様子がテレビ映像のように観え、自分と同じ大きさの白黒の物体が絶え間なく元気に動き廻り、楽しそうな飼い主たちの笑い声さえも微かに漏れてくる。

高齢になったチロには、ガラス戸を開け声掛けされることも最近では間遠い。日に一度、夕方にくれる餌も、好物のイワシの丸干しも、臭いを嗅いだだけで食欲がわかない。別世界のようなガラス戸の向こうの世界を羨ましく観る事も無く、白く濁った薄目を少し開けて時折、眺めるだけであった。

突然そのガラス戸が開いて、久しぶりのわたしが見えた。チロは立ち上がって尾を振ろうとした。だが、後ろ足が立たず、よろける。わたしは庭下駄で駆け寄って昔の様にチロの顔を両手で挟み、そっと揉む。白くなった口の周りの少しまくれた唇から、わずかに黄色くなった細い犬歯だけが目立つ。寝かせた耳で小さな喜びを表すおでこに顔を付けると、ぷんと年寄臭がした。広縁の下の古いタオルを敷いたミカン箱の中へ運ぼうとそっと抱き上げると、同じ大きさのチャーリーの半分しかない軽さだった。次々に産んだ沢山の仔犬たちに充分な乳を与えた、ほくろのような乳首の名残が八つ、あばら骨の目立つ腹部に並ぶ。

チロに心を残して短い冬休みを終えたわたしが横浜に旅立った翌朝、箱の中で冷たく硬くなり、逝ったそうだ。

数日後、横浜の寮の部屋で、母から来た手紙を開くと「ゴッホの側に埋けた」と認められていた。


初めての洋犬ワイヤーヘアードと巨大な焦げ茶色の黒マスクの秋田犬、戦後の実家を支えてくれた老犬チロが寿命を全うして居なくなると、父母は性懲りもなく、ザ・ラスト・ドッグを飼う。それまでの飼い慣れた日本犬の小さめ、例えば柴犬などにしておけばよいのに、なんと洋犬のボクサーである。還暦を過ぎた高齢者二人は、その犬種の選択を、明らかに誤った。

父は、ゆかり深いドイツ産の犬という事で気合をいれ、親分つまりはボスを意味するドイツ語のシェフという名前を用意し、フェンスで囲った小屋を作って新しい犬を迎えた。ボクサーは明朗活発というが、シェフははしゃぐの大好きで、ブルドッグ系の鼻のひしゃげた顔で甘ったれるとこたえられないほどうれしく、二人揃って目じりを下げた。

特技は、大鼾と四つ足で飛び上がるカエル跳びだ。大喜びで前脚によって繰り出すキックは、フック、チン、アッパーカットと多彩で、フェンスの中に入ったオジイサン、オバアサンは、遠からぬ内にテンプルを直撃されノックダウン間違いない。

そうして、飼い犬歴の長い父母は、初めて一度飼った犬をその実家にお引き取り頂くという、犬好きにとって最も屈辱の、苦渋の決断を強いられることになった。

自らの高齢を思い知らされた父母は、庭つきの一軒家からマンションに移り住みペット飼育をようやく諦めた。母はポッカリと空いた心の穴に、思い出だけをかき集めても充たされない。

いのちのエクスチェンジ

半世紀以上前、日本中は現在の上皇さまと一般人の美智子さまがご成婚なさるシンデレラ・ロマンスに湧き立ち、お裾分けに与ろうと一般庶民も結婚ブームが起こった。実はわたしたちもその流れの中の、一カップルである。

　中目黒にあるお屋敷街の一軒がとり壊されて庭の隅に建てられたテラスハウス、平たく言えば五軒長屋の端っこをわたしたちは新居とした。嫁入り道具の整理を手伝うために九州から上京した母がつぶやく。

「この家のお庭には大きな樹が一杯あって静かでいいけど、病院勤めのダンナサマが当直の時あなた独りでいると、ちょっとコワそうよ。そうだ、チャーリーを上げるから、連れてってていいわよ」

　父母はワイヤーヘアードのチャーリーを飼ってやりたい放題甘やかしたが、その大切なペットを、娘の結婚のはなむけとして譲ろうと言ってくれている。

　即座にわたしの頭には、自分が一番エライと思って居るヤツが、愛する彼のベッドの上で我が物顔に

ゴロゴロと寝そべる姿が浮かぶ。そして、母の愛のこもった申し出を、丁寧に断った。

駆け出し研修医の夫は無給で、病院の当直などのアルバイトで生活費を捻出するのだが、この家は分不相応に家賃が高い。新しくできる公団住宅に引っ越そうと時を惜しんで公団の新築アパートに応募した。競争率が高く人気の巨大な赤羽団地は激戦で、十二回の落選後ようやく十三回目に、時代の先端と言われた設計の二DKが当たった。

夫の勤務先は住いの東京北端から都心を通り抜け、出張先の川崎へ中古車を転がし遠かったが、二人の子供にも恵まれベランダに出ると、八階建ての建物が三方を囲む中庭で、三歳になったムスコが遊ぶ姿が見え一階には商店街が並び一日の消費リミットだけ財布に入れて買い物をし、平和であった。


医学博士号を取得した夫がドイツ北端キールの大学外科に留学し、助手として勤務を始めることになった。大学のあるキール市は、第二次大戦中に潜水艦Uボートが出撃した港町で、戦争が終り平和を迎えると北欧観光の出発点として賑わっている。港を見渡せる学生寮で独り留学生活を始めた夫は、同室の若い男子学生が毎夜楽しそうに外出してしまうと、部屋に独り取り残され、足下から立ち昇る冷気が背骨に深々と伝わった。ペンを執り「早く子供つれてこっちへ来てくれ」と、わたし宛にエアメール便を書き、翌朝大学病院に通う途中ポストに投函した。

夫からの嘆願書が、回を重ねる毎に深刻になるのを見て、これは何が何でも行かねばと準備を始める。「四歳と一歳に満たない子を連れて海外へ行くなど無謀だ」と、双方の親が心配するのを振り払い、果敢にドイツへと旅立った。

羽田空港を飛び立った航空機は、途中アンカレッジで給油して更に飛行し、延々十八時間かけてドイツまで飛ぶ。機内の狭い空間で搭乗客の人々に気を使い、ムスメに授乳するにも毛布で覆って人目を避け、一方の手でムスコにゲームをさせる。身も心もクタクタになり、出立前に小児科の主治医が渡してくれた「ネンネのおック（お薬）」、つまり子供用の入眠剤が大変ありがたい。目的地のハンブルク空港に降り立ったわたしたちを出迎えた夫が、にこやかに言う。

「あれあれ、もう来たのかい。そんなに慌てなくてもよかったのに……」

夫が書き続けたエアメール便が、ドイツから日本のわたしの手許に届くまでに一週間から十日かかり、少しずつ間遠くなっていることを確認するべきだったのかもしれない。本人は仕事にもドイツの生活にも馴染んで、独身生活を楽しみ始めていた矢先、わたしたちはやって来た。

言葉とは裏腹に夫は上機嫌で、ドイツの大学から頂いた初任給を基に購入した憧れのドイツ車に、少しムッとしたわたしと子どもたちを乗せ、北ドイツの平野に点在する森や湖を縫って、国道を飛ばす。運転しながらバックミラーで後部座席を覗き「ホラ、おウマさんがいるだろう、白と黒い色のモウモウさんも沢山みえるよ。羊さん見えたかい」と夫が話しかける。森の中の集落に見え隠れする赤い屋根とレンガ、そして緑の窓縁に真っ白なレースのカーテンが光る可愛い家々が、グリム童話の世界へと誘うが、子供たちは「ネンネのおック」から未だ離脱せず、夢の中にいた。

ハンブルク空港から一時間と少しかかって車が停ったのは、外壁に這う緑の蔦が夕陽に映える、四階建ての赤レンガ造りの病院の駐車場だった。隣接する院長宅のドアを開くとコロロンロンと、アルプスの牛がつけるカウベルが鳴る。

わたしの父も、第二次大戦前に夫と同じ大学に留学した。その時、ひどいホームシックにかかった父を、同じ研究室の若い同僚の医師が実家のある田舎に招いて暖かで素朴な煮込み料理と家族の優しさで包み、癒してくれて以来、無二の親友となった。そして今、この病院の院長として自らは外科、夫人が産科を専門として、村で唯一の地域医療を目指し、近隣に住む人の健康に貢献している。

院長は、父からの手紙で「娘婿がわれわれと同じ大学に家族を連れて留学する」と知り「勤務先のキール大学から少し離れているが、なあに車で三十分も飛ばせばよい。子供を育てるには、此処ワッテンベック村は、最高の環境だ」と、病院の職員宿舎の一室を無償で貸してくれる。

ムスメを抱きしめて夫の後に続くと、自宅前にそびえるヒマラヤスギの陰から誰かの視線を感じた。頑丈な動物園の様な鉄柵の間から、こちらをじっと見ているのは、虎でもライオンでも熊でもなく、それは紛うかたない正真正銘の、秋田犬ではないか。遠い見知らぬ土地の街角でばったりと親戚に遭遇した、もっと言うならば、砂漠にオアシスを発見したような感覚が走る。

ハンブルク港に着いた貨物船の船長が日本の港で貰った秋田の仔犬は、航海中にムクムクと大きくなった。船長はこのワッテンベック村で、院長夫人であるオクサン先生の手でこの世に産れ、ヤンチャな子供時代には院長に何度も命を助けて貰い、御蔭で立派な船乗りに成れた。日本が大好きな院長へ感謝をこめて、この秋田犬を贈呈しようと思いつく。名を「アキタ」としたが、何時の間にか「ア」が消え「タ」が変換され「キト」となった。

キトは巨大だが大人しく、滅多に吠えない。幼い時からドイツ語で育ち、要するにネイティブ・ジャーマンのキトには、やたら懐かしそうに自分に語りかける不思議な臭いのオバサンの、奇妙なイントネーションが全く通じないようだ。この手の愛想に欠けた無表情な犬は突然にガブリと来そうな気がして、ほどほどの距離を保つ。

入院スペースが四十床ほどの病院では、院長はじめ医療従事者たち、入院患者、総ての従業員とその家族の食糧を自給自足で賄う。北ドイツの主食であるジャガイモや野菜の畑が彼方の深い森の裾まで広がり、病院から少し離れた森の中にある牧場には牛や豚、羊が飼われ、わたしたちが住むことになった職員宿舎の広い裏庭には、ニワトリ、アヒル、ガチョウ、七面鳥、ウサギが、沢山飼われている。

東京という大都会から移住してきたウチの子どもたちにとって、ここはさながら動物園だ。ムスコとムスメは、朝食べ残したパンを小さな手でちぎり、自分の頭より大きなバケツに入れて水でふやかし、晴雨にかかわらずせっせと餌やりに励む。農場と動物たちの世話を一手に引き受ける農家のオジサンが教えてくれたように、長靴をはいた子供は裏庭で「バチバチバチ」と叫べばアヒル「プテプテプテ」と呼べばガチョウが、「ピレピレピレ」で七面鳥が寄ってきてバケツから餌をもらう。

陽が傾くと、「コムムシ、コムムシ、コムコムコ〜ム」牧草地が広がる牧場で、農家のオクサンのよく通る声がメロディにのって澄み渡った青空を地平線の彼方へ渡っていく。「コム」は英語ではカム、「ムシ」はネコ等への愛称で、「等」のなかには、立派な体格の奥さんをオジイサンが愛を込めて呼ぶ時にも聞かれる。あちこちから集まる牛たちは、みな白と黒の生粋のホルシュタイン種、ここは地元のシュレースビッヒ・ホルシュタイン州なのだ。

秋になり、北海道北部と同じ緯度のこの地に間もなく極寒が訪れようとしていた。そんなある日、子供たちの動物園から、突如として生き物全部が消えた。「どうぶつさんたち、何処へ行ったの」と、バケツをぶら下げ呆然と、ムスコが立ち尽くす。

家畜は全て食糧として飼っていたのだというクールな正しい説明は、彼には難つかしく「何処行ったのかしらねえ」わたしはあいまいに答える。

専門職によってさばかれた牧場の豚や羊も鳥も皆、病院地下室の貯蔵庫に越冬用として整然と蓄えられる。

やがてドイツ中の何処の家庭でもクリスマスツリー飾りに夢中だ。綺麗に飾るもみの木はドイツが発祥と言われるだけあって、十一月には様々なクリスマスの為のオーナメントや人形を売るマーケットが街々に立ち、各々の地方色豊かな独特の形や色が施された品々が地元の人や観光客を楽しませる。

北ドイツの院長宅の居間にも、天井に届くように巨大なもみの木が据えられた。木の天辺に飾られた金色の星から、銀や錫、アルミ箔を素材とした極細の紐状になった無数のテープが雨のように降り注いで、キラキラと輝き、天使の柔らかな髪毛となって見上げる人の心を優しく撫でる。

電気で点滅する豆電球など「アメリカ的だ」と言って使わず、枝のあちこちに挟んだ洗濯挟みの様なロウソク立てに真っ赤な十センチほど本物のローソクを沢山立てた。その総てがイブの夜、主《あるじ》の院長の手によって点火され、漆黒の部屋に息をのむような静謐が満ちる。

夏は白夜となるこの地の十二月、太陽の照射時間が短くなり一日僅か四〜五時間で陽が落ちると長くて暗い夜が来て、各家々には様々なロウソクの灯が揺らめく。これは、LEDが出現する以前の話で、今ではもう防火第一とロウソクは少ないと聞いた。

キリスト教を信じる人信じない人も、ドイツ人の多くにとってクリスマスはファミリーが集って祝う一年最大の家庭イベントである。わたしたちは院長の日本の家族として、一連のプログラムに参加した。

イヴの夜に、本来温かく祝うべき貴重な時を、病のため病院で過ごさなければならない人々の為に、そして休まず働く医療従事者たちに感謝をこめ、イエスの降誕を祝う歌を歌いながら病院内を巡るクリスマスキャロルが行われる。ドイツ語の歌詞は解らないが、夫は子供の頃から家庭と教会で歌い続けて来た讃美歌を、高校のコーラス部で鍛えた喉でハモった。職員の人々から「来年からずっとクリスマスに歌いに来て」とコーラス隊員としての予約が入りご機嫌だ。

それぞれの手に握られた一本の赤いロウソクの灯がチラチラと揺れ、病む人の頬にも、瞳の中にも、明りが灯る。

十二月二十五日の午前中には揃って村の小さな教会へ行った。年に一度、村人は着飾って礼拝に行くと聞き、ムスメとわたしは日本から持ってきた着物を着て参加したが、気の毒だったのは牧師さんで、しっかりと準備して話す説教を、教会に集まった人々は聞く耳もたず後ろを振り向いて初めて見る異国の民族衣装に見とれた。

「あ〜神様、罪をお許し下さい」身を縮めて下を向くわたしに、隣で院長夫人がささやく。

「珍しい綺麗なキモノが見られて、村の皆さんには良いクリスマスプレゼントになったわよ。ホラ、みんな喜んでいるから」と、ウインクしてみせた。

昼はクリスマスのディナーである。院長宅では、家族と病院の日直に当たった職員たちのため大きなテーブルに、病院のキッチンが腕を揮ったこの地方のクリスマス料理の鯉、豊富な野菜、鳥の丸焼きなどなどが並べられた。

「君は僕の大切な家族、一番小さな弟だよ」と言いながら院長の長男である若いドクターが、小さなスーツに蝶ネクタイで決めたわが家のムスコを、椅子にクッションを二つ重ね座らせる。目の前のご馳走にキョロキョロと首を伸ばして眺め渡すムスコに、隣からドクターが優しく言う。

「ウマそうだろう。どれを取って上げようか」声を掛けながら、もう一言加えた。

「あれは君の家の裏にいた七面鳥だよ。毎朝、餌をやっていたから君のトモダチだよ」

ムスコは硬直し、突然、号泣する。周囲の非難の目が一斉にドクターに注がれた。たちまちの内にムスコの周りに人が集まり、優しい言葉と手が差し伸べられ、「これは君のトモダチではないから大丈夫」と、言いながら野菜やパンを皿に盛ってくれ、事態は収束した。

家畜は食べるために飼い、その命を感謝を持って頂くと言う事を理解するには、ムスコには今少し成長の時間と、教育が必要である。

それから数日後はまだクリスマスシーズンが続いていて、夕食の後に大人たちはローソクを灯しお喋りとお酒を楽しむ。わたしたちにも「子供を寝かしつけたら、少しの間、家へいらっしゃい、大人の時間を楽しみましょう」と院長夫人から誘いがかかった。ワインや地ビール、少し強い芋焼酎のシュナップス、笑いに囲まれながらお喋りを楽しんでいた。

コロロロンと玄関ドアが鳴って、そこには看護師さんに抱かれて懐中電灯を持つパジャマ姿の小さなムスコがいた。「どうしたの……」わたしたちの体から楽しいお酒も会話も一瞬で吹っ飛ぶ。

「あのね、僕の妹が、パパとママを探してきてと言うの」とドイツ語で伝える。

病院のナースさんが補足した。

「坊やはこの寒い雪道を一人で、宿舎からここまで二〇〇メートルも、歩いて来たんですよ。ドイツ語で『パパとママは何処？』と言って、びっくりしましたけど、こんな小さいのに全然泣いてなくて……」と、話しながらナースさんはポケットからハンカチを取り出して、自分の目を拭い、大きな音を立てて鼻をかむ。

大慌てで院長宅からムスコを抱いて戻った私たちは、彼の妹がベッドでスヤスヤ熟睡するのを確認した。ちょっと彼のフェイク・ストーリーではあったが、この夜の出来事はドイツ人が最も大切にするトモダチ物語として、たとえその対象がクリスマスディナーの七面鳥であろうと、「彼は、『サムライ』だ」と、ムスコの株は上がった。

院長の長女ニーナは、隣村の湖に住んでいて夫君が勤めに出た後、両親の病院の事務を手伝いメルセデスベンツを駆してやって来る。朝、パーキングでバックシートを開くと、小さめの雑種犬が飛び出して、一目散に秋田犬キトのケージに向かいワンワンと挨拶するが、相手は薄目で「いつものヤツか」とチラ見するだけである。この犬は村でたった一つのコンビニで五マルク（五百円ほど）と書かれた値札の下に繋がれていて、ニーナと目が合った瞬間から彼女の飼い犬となった。

しばらく皆の朝のおしゃべりが終わり、仕事が始まるころ「さあ、おまえは車にお戻り」とニーナが玄関ドアを開く。大声で命令するのでなく普通に言葉をかけると、素直に従うこのワンコが特別にお利巧なのだろうか、いいえ、そういう訳ではないように思われる。

わたしたちがドイツで過ごした一九六六年からの二年間と、その後度々ハンブルク市内やベルリンの街中にも訪れたが、街の真ん中をリード無しで主人と歩く大型のジャーマンシェパードやグレートデンなど、身体の大小や犬種にかかわらず路上で歯をむいてにらみ合ったり、怒鳴り合ったりする姿をあまり見かけない。耳を手で押さえたくなるようなキンキン声やドスの効いた腹底を震わす吠え声も、街中で聞いた事があまりない。

ドイツ人にとっての家庭犬は、膝の上に載せ撫でまわす玩具の延長でなく、単なる番犬でも特別なお客様でもない。つまりワンワンたちとは一つの犬格を有し相手を理解しあう、家族またはトモダチの関係ではないかと理解している。

本来、犬は人を喜ばすことを喜びとする動物である、と動物学者が語る。その特性を生かして、使役犬としては人間の身体的な不自由を補う介護や介助、災害など困難を助ける働きをする。だがワンワン側にしてみれば、その報酬はわずか一個のビスケットであろうとなかろうと、大きな代償目当てではなく人が喜ぶのが嬉しい。常に相手に報いを望む愛とは異なり、なんと崇高な愛のエクスチェンジではなかろうか。

戦争時には軍用犬としてシェパードやドーベルマンが敵と戦ったり、闘犬やドッグレースなどで犬を利用するなど人間の勝手な事実がある。この犬たちは、戦争と言う恐ろしい人間の罪に加担したなどとは毫も思わず「飼い主さんを、喜ばせたかったんだよ」と言いたいにちがいない。飼い主はしっかりした見識を持ち、正しく犬と接する義務がある。

秋田の舞姫

留学生活の二年間を無事に終え帰国した翌年に、ムスコは小学校に進学して小さな掌に、開業した新幹線こだまの東京〜熱海間の往復切符を入学祝として載せてもらった。それから三年が経ち、ムスメが小学校へ行く時を迎える。動物大好きのムスメは既に「小学校へ行くようになったら犬飼って」と早くから決めていた。

「初めての犬は、一番飼い易い中型の日本犬がいいですよ」と街中のケンネルで勧められた。三日後に茶色の可愛い毛の塊の三河犬が店員さんに抱かれてやって来た。仔犬が到着する前に、ドイツで仲良くしていた友だちの名前「カイ」とムスコとムスメは決めた。

兄妹ふたりは、カイを膝に抱く時間分担でバトルし始める。「そんな大きな声でいがみ合ってると、落ち着かないからそっとしとこうよ」といってもめる。ようやく夜になり、カイを寝かす時がきた。箱に古タオルを敷いて目覚し時計を底に隠すと母犬の脈拍を聞く気持ちで夜泣きしないと、わたしは実家で教わっていた。

カイは家の中の人間のランキングをし、家族一人一人への対応が異なる。同格の子どもたちにはそれなりに、大ボスの夫のいう事はよく聞き、小ボスのわたしには甘えっぱなしだ。


しばらく歳月が経ったある日、夫がかなり興奮して勤め先から戻って来た。今日、職場で「昔、オクサンの実家で秋田犬を何頭も飼っていたと言ってましたよね、秋田犬、飼いませんか」と言われ、間髪入れず「モチロン」と答えたそうだ。高校生になったムスコも居間から上る歓声に試験勉強を放り出して、階段を駆け下りて来る。「カイと二匹になるけど……」不安がる義母を「大丈夫、大丈夫」と皆は声をそろえてねじ伏せた。

声を掛けてくれた同僚の夫人が秋田出身で、その父上から来た話であった。

一九八三年夏、フィリピンで一番人気の政治家、通称ニノイ・アキノ氏がマニラ空港のタラップを降りようとしたその時、放たれた銃弾が彼の命を奪い、瞬間のテレビ映像がリアルタイムで世界中に流れた。次期大統領としてフィリピン国民の大多数から期待を集め、各国にその人となりと国の内外を円滑に収めるであろう手腕を大いに買われ、日本もアキノ氏といち早く友好関係を作ろうと準備していた。大統領が決まったらお祝いに日本から秋田犬を贈ろうと密かに計画され見目麗しい女の仔が選ばれた矢先、アキノ氏は暗殺と言う卑劣な手段でこの世から突然消えた。

「だれか、この仔を本当に可愛がってくれる人はいないか」秋田犬保存協会の人々が政治的に無関係の人がいいと考えた末、無類の犬好きで秋田犬の飼育経験があるわが家へと、お鉢が回って来た。

「スンミダガワいきに、アスタ朝、到着スマスカラ、ムカイいって下さい」という電話を受けたものの、くだんのワンワンが明朝やって来るとはわかったが、その到着駅が隅田川駅というＪＲの貨物専用駅であると理解するのに失礼乍ら何度も聞き返してしまう。

ムスメとわたしが友人が飼うマルチーズのピクニックバスケット状の藤製キャリー

を借りて、心弾ませ隅田川駅に向かう。殺風景な構内の一角を駅員さんが「アレだよ」と指さす先に、取り残されたように大きな木製の鉄格子が入った檻が置かれていた。覗き込むと、薄暗い奥の方に丸めた毛布のようなものが見える。南京錠を外して貰い、「疲れたでしょうね」と言いながらそれをそっと引っ張った。ずるずると出て来た姿を見て、ムスメが「きゃあー、大っきい」と叫んだ。生後四ヶ月目にして既に耳が立ち、薄茶色のモフモフの毛並みから真っ白な顔の周り、前触れ通り名犬だ。仔犬とは言え大きさは先住犬のカイとさして変わらない。持ってきた藤のキャリーには足しか入らないだろう。さりとて大きな檻をどうやって運ぶか悩んでいると、絶好のタイミングで「空の檻は秋田に送り返してくれと言われているよ」と駅員さんの声掛けに胸を撫で下ろす。

犬大好きという親切なタクシードライバーさんに出会い、目黒の家までノーリードでの車中、わたしたち二人の膝の上で静かに大人しい。

別送されてきた舞姫号と書かれた血統書から「マイ」と呼ぶ。ぬれタオルで綺麗に拭き上げ、リビングに昨夜みんなで半徹夜して作った段ボール囲いの中に入れたら、あっという間にひょいと飛び出してきた。その新入りのマイを、カイが頭の先から尾まで細やかに鼻でチェックする。されるがまま大人しく、どうやら折り合いも悪くなくほっと一同は胸をなでおろした。

わたしのベッドの上に二匹が乗っかりパシャっと記念写真を撮って、秋田の親元さんに「このように愛しんでおります」と手紙を書いて報告した。直ぐに電話がかかり「これは、秋田犬の飼い方に大いに反する。まずは外に置いて、麦飯にキャベツを煮て味噌溶いた汁ぶっかけて食わせて……」と、しっかりとお叱りを受けた。外に放り出すには、余りにも可愛すぎるので困ったが、考えてみると当時はお座敷で飼う犬はせいぜい流行りのスピッツ位で、大型犬はおおむね外犬だった。

家を目黒から町田へ引越すと、カイは十四才と高齢になり、住み慣れた場所が変わった為に認知症状が現れ始めた。まずいことにいわゆる〝色ボケ〟になってしまって、シーズンを迎えた訳でもない初心なマイを、朝から晩まで追いかけまわす。

翌年になると、マイをみてもぼんやりとするだけで小屋の中でほとんど動かなくなり「カイ、ご機嫌いかが」と家の誰かが手を近づけると低く唸る。食も細く、わたしの手からだけ僅かな物を口に入れ、数日の命をつないでいた。獣医さんから貰った薬も大好きな海苔さえも受け付けなくなって、終日寝ている。

そしてその年の母の日に、わたしの膝の上に上半身を載せ、薄目でじっとこちらを見ながら、スウーッと大きく息を引き取り、大往生を遂げた。

近くの公園を散歩すると、立ち止まった人々が「ウワ〜」と称賛の声をかけるが、マイは知らんぷりで歩く。

わたしたちはマイに子孫を残してもらおうと、かねて秋田からも勧められていたマイの結婚話に乗った。この話を思い出すと、今でも慚愧《ざんき》が心をよぎる。それは見合いもなく、相手を気に入るかどうかの打診もなく、肝心のマイの意向

はそっちのけで実施された。

秋田犬保存協会東京支部から、由緒ある婿殿を連れて来てくれると言う。太い布を編んだ引き綱をオジサン二人が引いてやって来たのは、秋田犬の中でもひときわ大きな黒茶の虎毛で、車からドスンと肩を揺すって降りた姿は、わたしですら恐ろしい。

庭の中で、未だ幼さを残すマイは固まってしまい首を抱くわたしに身体全体で寄りかかった。既にその気になりお仕事に意欲十分のオスを、男性二人が二本の引き綱で押さえる。

「奥さんは家の中に入って、ダンナサンがその仔の首抱えて、しっかり抱いててください」。

お仕事を終えた一行は、「来年の正月には可愛い仔が生まれるよ」とニコニコしながら、オスをケージに収めたバンにエンジンを掛け、ご帰還になった。

その日一日、夫もわたしも口がきけない。誰が、可愛い娘をレイプされるのに加担して喜んでいられようか。勝手に思いついて子供を残そうなどトンデモナイことだったと思ったが、後の祭りである。昔、放し飼いのチロが奔放に多くの恋をしてこどもを沢山産んだが、そこにはチロの意思があったけれど、マイにはそれが許されなかった。

現代のペットブームに乗って、かわいい犬種をかけ合わせ人間が作り出すミックス犬も、本犬の想いなどそっちのけで、産出されるのだろうか。

ふた月が経って、恒例の年始客を迎える頃、マイのお腹は爆発寸前となりオッパイも張ってきた。もう直ぐ、めでたく出産と、そこに至った経緯はしばらく忘れることにした。

正月二日の夕、数人のお客様がお重をつつき乍ら杯を重ねていた。お代わりのお酒を運ぼうとしていた時、隣接の犬小屋から慌ただしく下敷きの古タオルや毛布をがさがさと引っ掻く音に気付く。時は至った。

夫も接待どころでなく、雨戸を開いて犬小屋に向かい「マイ、大丈夫だからな」と声掛けをするが、何が大丈夫だか判らない。わたしは腕まくりをしてジーンズに履き替え、産室の犬小屋に入り出産に立ち会う。ほったらかしのお客様が「僕たち、これで失礼します」と挨拶もそこそこに帰られる。お見送りもろくにせず、ムスメと夫が茶の間で待機する。

夫は新米研修医の時、出張先の病院当直の夜には専門外のお産にも立ちあったが、ベテランの助産師さんがついていて全てを取り計らい何も手を出さずに終わった経験から、この度は「君に任せた」と、総てをわたしに託す。

人が懐妊五ヶ月目の戌《イヌ》の日に神社で腹帯を巻いて貰う行事があるのは、安産のシンボルが犬であるからだ。案ずるより産むは易しで、マイも安産で次々と三匹の仔犬を産んだ。直ぐにムスメの手で一匹ずつタオルできれいに拭き上げ体重を測る。「アレッ、その計量器はケーキを焼く時に使うものではないの」などと文句を言えない雰囲気で、この際それには言及すまい。

これで終わりかと思った所、少し苦しんで大きな仔をもう一匹産んだ。初めてのオスの仔である。先に生れたのはみなメスで、お母さん似の薄茶色一匹と黒い虎毛の二匹、末のオスは大き目で薄茶色だったが「アレッ、この仔、毛が長いみたい」とムスメが声をあげる。

ミュウミュウ啼く声にマイが反応し始め、そっと母親に返すともう乳房をぐいぐいと引くように初乳を飲む。むかしチロと前後して飼った肥後犬は、母性が欠如し産んだばかりの仔を踏みつけ、挙句に乳を欲しがる仔から逃げ回り育児放棄をした。だが、マイは一匹ずつ丁寧に舐めて、母親として満点ハナマルであった。

最後に生れた長毛のオスは身体は大きいけれど、乳もオネエチャンたちに遠慮するようにそっと咥えて飲むのが弱々しい。夫が、先日わたしが風邪をひいた時に心音を聴いたのと同じ聴診器で「雑音が混じり、どうもおかしい」と診断する。ムスメが、輝いてほしいと思いを込めて「光・コウ」と名付けたがわたしのベッドサイドに段ボールを置くと、落ち着かない夜を二晩過ごした後、独り逝って天の星となり光っている。

わたしたちの第二の故郷北ドイツのワッテンベック村でも、マイの出産を待っていた。前の年に病院長の次女夫妻がわが家へ一週間ほどホームステイしてマイの美しさに魅せられ「子供を産んだら絶対にちょうだいね」と言いながら帰国した。

耳が立ちかけたマイの娘たち二匹をドイツに送り、マイのためにわが家に甘ったれの虎毛の美幸号「ミユ」一匹を残す。

その翌年、夫とわたしは再び懐かしいドイツを訪問した。マイの仔たちは二匹ともにオトウチャン似でガッチリと大きく、身体を撫でるとクマの毛の様にごわごわで堅く、日本で暮らすマイやミユのようにモフモフの柔らかい毛ではなかった。ドイツでの食餌は肉ばかりで、やはり草食系の秋田犬には強烈過ぎるのだろうか。

家に残したミユは、甘ったれで何でもオカアチャンのする通り、ついて回った。わたしはクリスマスパーティの為にデコレーションケーキを焼き、台所で生クリームを泡立て飾りをしようと後ろを振り向いた。食卓の上で冷やしていた二十三センチのスポンジ二台が消えてなくなり、僅かにカステラの粉がパラパラと残っている。ガラス戸が半開きなのは、この母子共犯とみて間違いない。

ドイツでマイの二匹の娘たちを見て帰って来たら、留守中に、秋田犬としては長寿を全うしたマイが十四歳で他界し、お骨になっていた。

わたしたちも落胆したが、娘のミユは食欲も無くしママロスに陥った。だがしばらくすると急に強く生きる事を決心したかのように、やたらに大声で吠える。

このところ隣家との境界に高さ二メートルほどの石垣上をしゃなりしゃなりと気取って歩き、ミユを見下す野良猫がいた。ある日、庭でただならぬ喧騒が起こり、茶の間の出窓から見える高い石垣の上にミユが乗っている。庭に飛び出すと、ミユが二十センチほどの茶色の毛の棒をくわえてこちらを見ている。「ギャア〜、ミユ、何くわえてるの」とムスメの叫ぶ声に、ミユが取り落した毛の棒は、まさしくあのネコの尾っぽであった。

散歩に行っても、ネコには嫌に挑戦的で飛んで行きそうになる。その日、強くリードを握り締める夫の脚が程よい位置にあり、ミユはつい我を忘れてガブリとやってしまった。「イテエな、コンチクショウ」当然、江戸っ子は怒鳴る。

「脛かじられるのは子供二人で沢山だ、テメエにまでかじられる筋合いはネエ」ご主人様に引っ張られ、ミユは一メートルほど後ろから顔を地面に付けるようにトボトボと、家の門までたどり着いた。向こう脛から出血していて誰の目にも痛そうだが、夫は声はデカイが自分より弱い立場のものに暴力は決して振るわない。

基本、甘ったれで大きな黒トラ毛の秋田犬であるミユは、わたしの孫たちに鼻を捻られようと耳を引っ張られようと、無抵抗でやさしい。そして十三歳の春、自ら産まれた小屋で静かに母親マイの待つ天国に逝った。

老母とわたしたち夫婦だけになった二十世紀の年末は、寂しく暮れた。

生きとし生けるもの

むかしむかし、お見合いをしたとき必ず一番最初に、相手の人に質問して確かめようと心に決めていた。「昆虫は、お好きですか」。

生きとし生けるものを大切に想ってきたが、六本脚の、特に飛翔するものが大の苦手で、例えお見合いの相手に惚れ込んでしまったとしても、新家庭を築いた時に壁一面に蝶々の標本が飾られている風景は思っても嫌で、その縁談は断るぞと、決めていた。幼い頃に風邪などで高熱を出すと、決って大きな蛾が粉を振りまきながらわたしを追いかける夢にうなされ、戦争時に空襲で逃げ回った恐怖同様、悪夢は未だくすぶる。

「子供の時から昆虫採集とか興味はなかったよ、生き物はイヌがいいね。都内のデパートの向かいにあったケンネルのショーケースに、母親の買い物中ずっと張り付いてみていたんだ」という見合い相手の彼から、ハナマルの回答をもらった。

これをもって嫁いだ訳だが、そのうち、どうやら彼もまた六本脚が苦手で怖いらしい。

例えば小さな団地のキッチンにゴキブリが現れると、わたしの名を連呼し「お〜い、出たぞ、ゴキブリだぞ」と叫ぶ。呼ばれても殺虫剤を手渡すしか手立てがなく、それを手にした彼はあたりに薄靄がかかるほど噴霧し、ホイホイと箱に入って身動き取れないご遺体にすら念の為と絶命の確認の一吹きを加える。その動かなくなったモノの始末さえ彼は人任せにしたいと思っていることが判明したのは、しばらく経ってからだった。

小学校高学年と中学、高校をわたしは九州の福岡で過ごした。家は小高い所に在り、古い家の庭はかなり広く、築山風の表と物置小屋と物干し場のある裏庭があり、犬を飼うにはもってこいの面積だった。

この住宅地は松ヶ丘というが、表には松などの大きな樹々が植えられており、緑が多い分そこに生息する虫たちも種々いる。秋はチンチロリンと優雅な趣であったものの、松のうろこに這うように身をひそめるムカデが不気味だった。

ムカデは時々家の中に侵入し、夜みんなが寝静まるころ、百本脚で自らの体重を支え切れず、バサリと天井から落ちる。「ムカデだァ」誰かの絶叫で家族は一斉に飛び起き、家中の電灯を点けて、十センチ以上の巨体をうねらせる姿を探す。その対処には日ごろから怠りなく廊下の隅に用意した火挟みでしっかりとつまみ、台所外の土間までへっぴり腰で運んで、新聞に火を点け火あぶりの刑に処す。油で身体が構成されているようでそこからの臭いは強烈で、空襲直後の焼け跡から立ち上がっていた、あの臭いのようだ。

大ムカデは動きが鈍いが、三センチほどのいわゆる一寸ムカデは始末に負えない。これは人を刺すと真っ赤に腫れた皮膚の痛みが長く続いて、痛いと言われる抗生剤ペニシリンの筋肉注射などの比ではない。しかもきわめて凶悪であり、素早く逃げ回るので確保するのに大騒動だった。これらの侵入者たちの天敵は、蜘蛛である。足を目いっぱいに広げると大人の手のひらほどもある巨大蜘蛛を見かけても、父は「殺すなよ、シッシッと追え。害虫を喰ってくれるから」と言った。

でもムカデも蜘蛛も、彼らは飛翔しないからわたしはさして怖くない。小学四年の頃、母がたわむれにセミを捕まえて、わたしの耳の傍に近づけた。突然のジイ〜という鳴き声と耳たぶに六本脚でしがみつかれたわたしは、気を失ったそうだ。昆虫苦手はこの時に端を発した。

これらの生き物から受けた恐怖体験は家族それぞれが持ち、母は水溜めの桶から洗濯用のたらいへ水をホースで移そうと先端を吸った処、口の中にムカデの半身が入った。ムスメは友人宅のガーデンパーティで、机に置かれたジュースを飲んだらアリが入っていて、ジャリと嚙んでしまった。その夫はメキシコに単身赴任した時、独り寝の天井を見るとサソリが居て「ウワア」と叫ぶとサソリは慌てて姿を消したが、日本から子供も含めた家族を呼び寄せるのを止めた。

中学生頃までわたしはアフリカへ行ってゾウやライオンやゴリラの大型動物をこの目で見たいと切に願っていて、結核を患い体が弱く自宅監禁が多かったために読書が友であり命であった。インターネットで書籍を発注できる時代ではなく、新聞や雑誌からの知識で興味ある本を知り、買ってもらう。子供向きのアフリカ冒険家「リビングストン伝」などはとっくに読破し、動物に関する知識、生息する動物の生態を研究する学者によって書かれた専門書を求めた。

その頃の兄の「アフリカにはな、一メートルもある蛾が居るんだぞ」という一言で、あ〜それは勘弁してほしいと、アフリカ体験の夢は消えた。だが、ずっとずっと後年の半世紀が過ぎたときに、南アフリカで開催された万国外科学会に夫が連れて行ってくれ、本当にサファリツアーでキリンやカバ等々、そして二百頭ものゾウの行列を目にすることが出来て夢は実現した。

わたしは子供たちを育てるに当たって、親の好き嫌いを押し付けるのは止めることにした。これが、わが家の子育て犬育ての信念である。将来どのような人生を迎え、いかなる方向に向かうか分からない時期の子どもに、その足掛かりを親の勝手な苦手意識で潰すのはよくない。人間の子供が親の好き嫌いで育てられると、その後にその子が選択する学問や仕事の範囲が狭くなる。犬の場合、例えば雷が鳴った時「コワくない、コワくない大丈夫」などと言いながら抱きしめたりするのは×である。以降、この仔は雷を怖がった結果お漏らしまでしでかし、飼い主は迷惑をするようになる。

幼稚園生のムスメがその頃、虫が好きでコガネムシを捕まえて五郎ちゃんと名前まで付け虫籠に入れた時、虫苦手の母のわたしはじっと我慢した。近くの神社の縁日で、ムスメが自分のピンクの財布を開けて小遣いを出し、プラスティックの虫籠のコオロギを買った。何日か眺めていたが、独りでは寂しいだろうと考えた彼女は、近くのお寺の境内でセミを捕まえ、コオロギの同居人とした。だがアッという間にセミは羽だけを残して本体が無くなる。

同居する相手を選ぶのは、動物同士でもなかなか難しく、まして人間同士は言わずもがなである。事の成り行きを知ってベソをかく彼女は、それをターニングポイントとして、「蟲愛ずる姫君」を卒業し、わたしは胸をなでおろした。そして、もう少し大きめの動物を飼育することを勧める。

当時の家の近くに小動物を扱うペットショップがオープンすると、きょうだい二人は休みの日にはほぼ入りびたり状態でガラスケースに額を付けて過ごし、貯めこんだ誕生日祝いやお年玉を消費する。ムスメは黒い亀や、色鮮やかなトカゲ、イモリ、小さなカエルなどを餌の糸ミミズなどと共に求め、呼びかけても返事をしないこれらの小動物でも動きが面白いと見続けていたが、いずれも何かの拍子に遁走し姿を消してしまった。

一方、小学五年生になったムスコは魚一筋に傾き、父親に水槽と飼育一式を誕生日に調達してもらって、意気揚々と妹の部屋との共同廊下にある窪みの棚に置いた。はじめはメダカのような小さな魚を、やがて日を追って、酸素の供給器機やら中に置く岩とかアクセサリーの種類の数が増えた。ムスコの机に置かれた陶器製のブタの貯金箱もいつの間にか消えてしまい、全てペットショップの思う壺となっていった。

勉強机の前に座るより長い時間をムスコは水槽の前に折り畳みの椅子を置いて過ごし、片手に小さな網を持ってせっせと魚たちの汚物を掬ってきれいにし、自室の掃除などしたことが無いのにご苦労様なことである。わたしも、魚の種類は知らないがテレビのCMなどで見たことのあるきれいな色の熱帯魚が、ガラスケースの泡の間をヒラヒラ泳ぐのを、掃除機を持ったまましばらく見とれたり、ほどほどにお相伴に与った。

「ねえ、ピラニアって魚知ってる？　人間も食べちゃうブラジルの大きな魚だよ。獰猛なんだってサ。ペットショップのオジサンが『昨日珍しいのが入ったよ。ピラニアだけど、三センチの小型だから危険はない、大丈夫だよ、ちゃんと餌やってたら指嚙んだりなんかしないから』って言うから二匹買ってきた」

その頃テレビでアマゾンの河に入った牛が瞬く間に完食され骨格だけとなる映像は話題を呼び、ピラニアという魚が如何に獰猛かを知らされた。その小さいとはいえ、ピラニアを、ムスコは大切に水槽に納める。

翌朝、ムスメの絶叫が二階から響いた。ムスコが駆け付けると「一番高かったたんだ」と言っていたピンク色の美しい尾びれの魚が、廊下の床に伸びている。その飼い主であるムスコは水槽の中を覗き「ウワァッ」と悲鳴を上げた。

中の熱帯魚たちを完食したピラニアが二匹、悠然と朝の遊泳を楽しんでいる。彼らに捕食された魚は姿を消したが、追いかけまわされた挙句にピンクの熱帯魚は勇気ある撤退をし覚悟のダイビングで水槽の外に飛び出して、つまりは自害したのだった。

かくして、水槽は空になり、やがて干からびた。魚たちとどう決着をつけたか、聞いていない。

その後、紆余曲折の思春期を経たムスコは、突然にわが家に営々と続く「医」の道に歩を進めることに決め、やがて小学校の同級生と家庭を持った。下働きの外科医というのは中々の激務で、日々溜まるストレスを絶えて久しかった観賞用の魚飼育で解消することを決める。昔持っていた水槽の五倍ほど大きな水槽を狭いマンションのリビングに据え、深夜勤め先から戻ってくると水槽の前で座り込んで、たまの休日を魚の世話に明け暮れても、妻は自身の父親と同業の夫を寛容に見て、お互いの理解は篤く仲むつまじい。

熱帯魚を飼育した小学校時代と異なり、海水魚を飼うことにしたムスコは、装置もはるかに立派で本格的、中の魚たちもピラニアの様に薄汚いのは一匹もなく全て美しい。子供たち、すなわちわたしのマゴたちも幼稚園児から小学生と大きくなり、パパの趣味を共有するようになった。時々、理解深いヨメサンも堪忍袋の諸が切れそうに「また新しい魚が水槽に入っているのですよ、すごくお金、高そうなのが」とこぼす。一家を構えたムスコの家の運営に意見を差しはさむなど、わたしたち夫婦は決してしない。内心わたしは「夜な夜な銀座や六本木などで髪の毛の長い熱帯魚みたいに綺麗なお姉さんと遊ぶより、安上がりではないかなあ」と、密かにつぶやいてはいたが。

ムスコの転勤で賃貸マンションから居を移すことになり、熱帯魚飼育一式を業者が引き取りにきて潔く手放した。マゴたちは段々と成長し手間はおいおいにかからなくはなったものの、気がますますかかるようになって、ムスコ夫婦も子育てに悪戦苦闘しながら暮らす。

人の子を成人まで育て上げるのは動物を飼うより困難である。年と共に口が達者になり、同時に思いもよらない行動をして、親たちは振り回される。それは子供たちが成人を迎え、学業を終了してそれぞれが仕事に就いてから、ようやく解放されるものだ。

子供も飼育する動物たちも、「個」を持ち、その中にそれぞれの心が宿るので、どんなに小さくとも、ロボットの様にキーボードで操縦するようなことはできない。ひっくるめて生きているものには、それぞれに大小さまざまなこころが宿る。

ガンコな犬のカイは、年を重ねると益々気むずかしい。良く寝ているときに頭を撫でたムスコには、「うるせえ」とばかり威嚇して「ワン」と唸ったついでに、むき出した歯が手に当たって以来カイが苦手になる。ムスメも散歩に出てリードを持ったが引きずられて倒れ、手とひざを擦り剝き傷を作って涙を流した。

手ごわいカイを以て余し、もう少し意のままになるシマリスをムスメは手に入れた。「手乗りリスだから、直ぐ馴れるよ」というペット屋のオジサンの売り言葉に期待して、せっせと世話を焼いたが、ケージの中に手を入れると忍者のごとく逃げ回る。そしてある日、掃除中の手をすり抜けリビングに逃走した。

その頃住んでいた家はリビングも広く暖炉やピアノ、二階に上る階段とそれを囲む分厚いカーテンが下がっていて、リスに取っては大きな森だった。親子総動員で捕り物をくりひろげ、掃除機のホースで吸い込もうと提案したムスコも参戦し、追いかけまわす。

折しもムスメの家庭教師の勉強時間となり、大学二年生のセンセイがやってきた。彼女が上品なフレグランスの香りとレモンの様な「キャア〜」と言う叫び声を張り上げながら、直ちにリス捕獲作戦に参戦すると、家中は華やかな競技場と化した。

ようやく油絵の額縁の後ろに、それぞれが武器を構え四方から追い詰める。リスを軍手をつけた片方の掌で包むようにわたしがそっと捕まえた。茶色の縞毛は頭の方から後ろまでツルリと生えており、なおも脱走の気が高まるリスを力を加えて握った。ふと見ると手の中に小さなカワイイ房が残っており、本体のみがムスメの手によって無事ケージに収容された。トカゲではないので尻尾が切れても次に生えてくることはあるまいが、リスはケロリとして超過剰なリハビリでよほど空腹になったか、ヒマワリの種を手にムシャムシャ食べ、茶色く丸い毛玉のままその後二年ほど生きた。

最近テレビのリモコンスイッチに手を伸ばすと、ニュース画面には皮膚に注射針を突き刺す瞬間が、コロナという疾患のテーマとなって目いっぱい拡大される。次にヨーロッパで戦火から逃げ惑う涙に汚れた人々、発展途上国の川が汚水となり逆巻いて人の営みに襲い掛かり容赦なく破壊され流れる様子を、否応なく見せられる。八十年余を生きて、何れの場面もこの身で実際に体験した辛さが、体の隅々で疼く。だから極力テレビ画面を観ない。

世の中の経済状況が落ち着き人々に余裕ができると、ペットブームが到来した。かわいいワンコを犬舎で作りそれを販売するブリーダーという職業が活気を帯びる。こころあるブリーダーのもとで産まれ、こころある飼い主に引き取られたワンコたちは幸せだ。しかし中には、金の成る木としてワンコを増産し、売り損った仔犬たちを殺処分するというニュースこそ虐待に外ならない。

人間の親が子に行った虐待ニュースは、もっとも酷い。虐待という字の解体をすると、何れの辞書も「虐」は、しいたげる、むごい扱い、無慈悲とある。今、ニュースに出るような親の虐待行為を、昔は「犬畜生にも劣る」と社会がさげすんだが、きっと犬や畜生たちは「トンデモナイ事だ」と怒るだろう。まして母親が腹を痛めた子供を虐待する犬や動物は、稀であろう。

わが家には女犬がたくさん居て代々出産を目のあたりにしてきたが、中には育児放棄する怪しからん母犬も居なくはなかった。だが血の繋がらない同居犬が、実母さながら仔犬を舐めながら育てたのも目にしてきた。

北海道のクマの話を観た。オスは、メスの発情を促すために授乳中の子育て真っ最中の仔熊を殺すという。子どもの命を奪う行為は、子孫を残すという崇高な思想によるものでなく言い換えれば本能であろうが、クマ本体に言わせると、今現在の自身の欲を満たしたいための行為である。

人間の親が行う子供への虐待も、自身の欲を優先させての行為だ。親の様々な欲が先立ち、クマに劣るのは子孫を残すという本能を伴っていない事実である。

以前、ドイツ人の友人と、両国ともに報道される親の虐待は耳目を閉じたいと話したことがある。「子供を持つにはライセンスがいるね」と意見が一致し、苦笑いしあった。

歳を重ねる夫が車で都心から勤務先の大学病院がある相模原まで通勤が少し重荷となり、勤住接近の住宅地に引っ越しをした。

引越しは高齢者には難事業ではあるが、最高齢の義母は目黒の家にいる時に通っていた美容院まで田園都市線を乗り継いで週一の同じペースではるばる通い、月に数度は都内のデパートで一日を楽しむ。たった一軒、駅前のスーパーマーケットと称する店に義母は毎日出かけていき、牛乳やフルーツを両手にぶら提げておよそ十五分かけて歩き戻るが、トイレットペーパーとかの大きな日用品調達はさすがに車が無いと間に合わない。

高校生で番茶も出花となったムスメが、夕方の帰り道で痴漢に追いかけられたことが恐怖で、僅か徒歩十五分といえども両側に森や畑があり、わたしは二十年ぶりに中古車を求めムスメの迎えとショッピング、義母の歯科通院などのために、運転を再開した。

夫が「夜に飲み会があるから車を置いていく、ついては大学まで乗せろ」という。ハンドルを握ると助手席から絶え間なく運転教習所の鬼教官そのものの指導が入る。「ブレーキ、君はいつもアクセルとブレーキのペダル踏むのが数秒遅い」「右をちゃんと見てるか、ホラ車が来てる、危ないぞ」

繰り返し同じセリフがわずか二十分ほどの走行中、絶え間なく飛んで来る。しかも、手術開始の時間が迫っていると、まともな道でなく田んぼの中のあぜ道や住宅の裏道など、何時も自らが運転する細くて舗装もしていないマイウェイを「右曲がれ、左の道に入って走れ」と指示する。対面から来た自転車にぶつからないか、家の塀にぶつからないかと頭と肩がガチガチに固まってブレーキに足を置く頻度が増えると、その都度叱声が来て、わたしは「うるせえ」と怒鳴りそうだ。

ドライブ歴で言うと、夫はほぼ三県またいで通勤していた時も、ドイツ滞在時代にヨーロッパ縦断も車の運転には長いキャリアがある。ペーパードライバーは仕方がないか。

国際飛行場が成田だけの頃、夫の若い仲間をドイツの大学へ送ることになり出発を見送る。長距離を乗ってみるのがドライブ上達のコツとかねてから主張する夫は、復権ドライバー訓練のためわたしに運転をさせ成田空港へ向かった。

横浜インターから首都高速に入った頃に降り出した雨は激しさを増し、千葉との県境辺では大洪水を起こしそうな雨量になった。

「前を見ないで、左側の車線をキープして、車道に見える白線をゆっくり辿れ。ハイドロプローニング現象が起こるといけないからゆっくりと行こう」と言いながら、夫の握りしめる拳骨がますます固くなっているのを横目でチラ見した。無事に雨が上がった空へ仲間がドイツへ飛び立ったのを確認して、帰路は夫自身が運転する。

「なあ、高速道路はこうやって運転するんだ」わたしは助手席でそっと「晴れてりゃドライブ楽だわ」と呟く。

その後七十五歳で免許証を返納するまで、わたしはほとんど毎日の運転でもゴールデンライセンスを三十五年間保持し、五台の中古車のお陰を蒙って過ごした。小さな接触事故は二度ほどあったが、運転違反はたった一度、夫が助手席で指導する中に起きた。

　神奈川県にある相模湖には国体も行われたボート競技場がある。一九五六年に夫がメルボルンオリンピックの八人漕ぎの日本代表となった時、猛練習で合宿したのもこの湖で、いわば縄張りである。

　その日は恒例の医科大学レガッタが行われ、クラブ創始に関わった北里大学クルーが上位入賞し祝盃あげてご機嫌で帰路はわたしにハンドルを任せる。

「よ〜し、地元のボート関係のエライさんにちょっと挨拶する、そこの角のお宅だ。脇に直ぐ駐車できるスペースで待ってて。すぐ戻るから」と言うことだ。

「左折禁止の標識だから曲がれないよ」

「昔からずっと行けたのにおかしいなあ。標識新しいね。構うものか、行っちまえ」

ハンドルを切ったと同時に「ピッピッピッ、ハアイ其処の駐車場で止まって下さぁい」

　白バイから聞こえるホイッスルと高らかな声であった。これがわたしの交通違反のたったひとつの黒星である。

助手席からの過剰な指導を回避するには、当時出始めた携帯電話を武器とすることを思いつく。「あ〜昨日、誰々さんから連絡あったわよね、連絡した方がいいんじゃない」ということで、夫は即、携帯で先方に発信し、その間わたしは落ち着いて運転に専念できる。テキは学生時代から電話が大好きで「電電公社」というニックネームだった。文明の利器は、次々と発明され、時代はめくるめく変化していった。

2

ギュンター

ザ・ラストドッグ

今日もまた郵便受けに、春の新芽のように伸びやかな幼い字のハガキが入っている。二十一世紀は華々しく開いたが、わたしたちの二人の子供たちもそれぞれの家庭をもって独立し、庭から聞こえたあの吠える声やドシドシと地面を踏みならす足音もなくなり、義母とわたしたち夫婦二人は電気が消えた部屋に居るように、密やかだった。

このところ週一のペースで受け取るハガキに、当節の幼稚園生はもう漢字まで書けるんだと感心しながら、飲みかけのコーヒーをすする。このところ来たハガキを時系列に並べてみよう。

「ぶらじるから　げんきで　かえってきました」「いえがないから　しゃたくです」「犬　とても　ほしいです」「しゃたくでは　犬　かえません」「町田で　犬　かってください」「ラブラドール　が　いいです」「ラブラドールは　おりこうです」「みなさん　おとしよりだから　目が　わるくなったら　もうどうけん　に　なります」等々。

段々に、飼わねばならないかと追い込まれてきた。目をPC画面から庭に移す。秋田犬たちが居なくなったので量販店で芝生シートを求め、大汗かいて植え、小さな花壇には夫が島根出張で求めてきた数本の牡丹の苗木や、季節の花を飾った。だが植物では物足りなく、ついに又々犬を飼う羽目になりつつあるようだ。

ある時、夫が研究室でお茶をしながら一人の仲間のつぶやくのを聞いた。

「子供たちが大きくなってさ、もうカミさんとも会話も少なくなっちゃって、寂しいのよ。それでね、この間、黒ラブラドールを飼ったの。子供たちより言うこと聞くし、呼んだらカミさんみたいに無視しないで尾っぽ振ってこっちに来るしさ、可愛いよ」

「その犬、どこから手に入れたの」夫が尋ねる。典型的な江戸っ子を自負する夫より、さらに気が短いその人は翌々日には愛犬を連れて家にやって来た。リビングに上って来た黒いラブラドールのベガちゃんは、まず箱型ピアノの上に飛び乗り、あたりを見回す。飼い主がポケットから緑の葉っぱを取り出すと、ピアノから飛び降りパクリとよだれごと口におさめた。キャベツが大好物で、近所の犬好きな八百屋のオジサンが、散歩の度に売り物のキャベツの外側を与えてくれ、何時もこういうそうだ。

「いいね、お宅の犬は捨てるようなキャベツの皮でも喜んで食ってさ。家のマルチーズはチーズとか、ハムとかだと食べるんだ。それもちゃんと上等品を見極めやんのよ。高くついちゃうよな」

夫の友人は、あちこち探索しまわる愛犬を連れてお茶も飲まずに暇を告げ、わたしたちに申し渡した。

「な、可愛いだろう、お利巧だろう」と返事を強要しながら、「ベガの従弟になるのが残っているそうだ。丁度いい、それに決めなよ」

ベガちゃんの所業をつぶさに見たわたしたちは、しばらく考える。

「あれは、彼の家の躾けの問題だろう。テレビで盲導犬のことをやってたけど、黒ラブは大人しいぜ。それにだ、警察犬学校で生まれた仔犬だというじゃないか。賢いに決まってらあ」

何事も勧められると断れない特性を持つ夫が、わたしの意見を度外視して、幼い時からシェパードを飼いたいという自らの夢も差し置いて、ベガちゃんの従弟を飼うことに決めてしまった。

翌週の日曜日、二十一世紀の幕開けにやってきた真っ黒でまだ四ヵ月の、動く縫いぐるみはカーテンの陰からキョロキョロと白目だけを動かしてこちらをうかがう。初対面に駆け付けた孫たちは、みんな口に手を当てて「ヒィ〜、ウワァ〜、キャァ〜」と言葉にならない。

横浜警察犬学校とロゴの入った封筒の血統書には、犬舎で生まれた順をアルファベットで名付け、真っ黒クロスケはBの「バルザック」とある。しかしどう見ても顔つきに愛嬌がありすぎ「バルザック」ではなく、合議によって「ギュンター」と名付けた。

ギュンターはドイツではかなりポピュラーな男性名で、ノーベル賞作家ギュンター・グラスをはじめ芸術家や政治家などなど枚挙にいとまない。

外科医となったムスコが、ドイツに留学した時に公私ともに一方ならぬお世話になった教授夫妻の来日を機に、自宅へ招いた。駆け出し医師の家

は二ＤＫの古いマンションの一室であったが、西欧では自宅へ招くのは何処の料亭に招くより価値があるとのことで、沢山の感謝をこめて妻や幼い子どもたちも動員し、懸命に持て成す。プール付きの豪壮なお屋敷に住むドイツ人教授夫妻は、狭い家への招待でも大変に喜ばれた。

歓待が終わりを迎えて玄関に立たれたご機嫌の教授が、壁にピンアップした写真に視線を当て「お〜可愛いワンコだ。誰の犬だ」とご下問があった。緊張した日本人の弟子は、一言余計なことに名前まで答える。「はあ、実家が飼っている犬です。名をギュンターと言います」

狭い玄関ドアスペースに真っ白な空気が流れる。世界一と名高い膵臓外科医ギュンター・べガー教授が「フン」と鼻から息を吐かれた。

見た目ぬいぐるみのギュンターは、大切にしている真っ黒のテーブルの脚にガリガリと嚙み付き降る星のように歯型を沢山残し、昼間は庭や家の中を元気に走り回り排泄の躾もちゃんと出来ていて、夜は二階に置いたケージに入れると大人しく寝た。

「中々良い子じゃないか」オーナーとなったばかりの夫は大いに満足する。

数日後の朝、寝ぼけ眼のわたしが寝室のドアを開くと、狭い廊下に箱庭か盆景のような光景が広がっていた。茶色の石ころのような物体が点々とし、小さな池までところどころにできている。ケージの扉が開け放たれ、中から「何か御用ですか」とばかり黒い瞳がこちらを見てチラチラ尾っぽまで振って見せる。本来こういう場面での大声は禁物と「ラブラドールの飼い方」で読んでいたので、極力感情を押し殺し「お前、コレどうしたの」と一先ず優しそうに声掛けした。

所が洗面所に入ると、家中に聞こえる絶叫が、わたしの口から溢れ出た。

コンセントからぶら下がったヘアドライヤーのコードの先端が焼け焦げ、床には噛み砕かれた夫のシェーバーが転がっている。ひとまずギュンターが感電せず、それより家が火事にならず良かったと、自分に言い聞かせることにした。事態を起こした本犬はケロリとして朝飯をガツガツ食べ、例のハウツー本に「この犬種はおよそ三分で物事を忘れる」とも書かれていた事を、まさしく証明していた。

この家の建築をしてくれた棟梁に電話して「家で飼うことになった犬がいたずらしないように、各部屋に鍵や錠前を至急に付けて下さい」と懇願する。駆け付けた棟梁がトイレや洗面所、浴室をはじめ、アメリカ留学から帰国したての設計家によってカッコよく建ててもらった家の、要となる各室の真っ白なドアにも遠慮なく安っぽい金属の差し込み式のカギを付けてもらい、これで一先ずは落ち着いて生活できる防御的環境作りが出来たと胸を撫で下ろす。

「待っててね」とギュンターに声をかけ、わたしは王様でも独りで行く個室に入って内からロックした。同時に聴こえたのは、トイレの外側に付けたばかりのカギのカチリと閉まる音だ。焦って押せども引けどもドアはビクともせず、「ギュンター」と呼ぶと、ドア向うで尻尾がハタハタと床に当って、忠犬はご主人さまのご用が終わるのを待機している。

神の摂理か偶然か、わたしのポケットには当時ようやく世に出回った携帯電話が入っていた。携帯電話をこんなに崇め拝んだことはない。家中の鍵を預けている棟梁に電話すると、再び飛んできて「この犬は頭が良いんでしょうなあ」と、呟きながら雪隠詰めのわたしを救済してくれた。

勿論トイレの外鍵は、コイツが背伸びしても届かない天井側から少し下に目掛けて移動してくれたが、ビスの痕跡が派手に美しいドアに残った。

数日後に洗面所のドアが半開きになり、黒い尻尾がちらりと見えた。今しもギュンターは浴室に入ろうとしている。ここでもわたしは大声を出す失態を演じた。

「コラァ、何してるの」彼は石鹸の臭いを楽しもうとしているところだった。わたしの声を合図に鼻を近づけていた石鹸を、大急ぎで胃袋の中に隠す。それは友人がフランスから土産にくれたシャネル五番の香水石鹸で、家族にも使わせないわたしの秘宝であった。ギュンターの唾でしっとりと濡れた石鹸はつる

石けん
サシ足
ヌキ足
おふろばのドアがあいてるゾ!
ヤッタァー! だい7個めだーい
石けんはシャネルかディオールがいいけど
キャメイでも、まあいいや。パクンゴックン。

りと胃袋に収まり、お腹を壊したら大変と観察を重ねたが何事も起こらなかった。腹壊しにならないのは、石鹸はもともと浣腸にも使われる素材と同じであろうと医学的見地から夫が言う。

石鹸くらいでくよくよするなと思ったわたしは甘く、ついに彼は浴室に入って石鹸を楽しむ行動に陥った。しかも家族で使う普段用の石鹸には目もくれず、高い窓際に置いたディオール、ブルガリ、と香水石鹸のみを狙い、腹に隠して素知らぬ顔で出てくる。

何でも口に入れると言う悪癖は続く。夫が玄関の棚に置いた、最も高級で大切なペッカリー革の手袋をのみ込み「動物の革だから消化不良は起きないだろう」と、怒りを抑えた声で消化器外科医がいう。翌朝、庭の石灯籠の根元には、見覚えある手袋が膨らんで茶色に染まって鎮座していた。さすが専門家の意見ではあったが、木切れて突いても完全な形そのままで消化されることは無く、お腹だけは丈夫という事は、本犬にも飼い主にも幸せである。

庭の芝生が虎刈り状態となり、あちこちに穴が出来た。植木屋さんに頼んで造ってもらった竹囲いの中の牡丹の苗木も蹴散らかし、犬が収まって具合良い穴が掘られ、中に寝そべっている真っ黒な生き物がわたしの飼った犬である。

なんで犬は穴を掘るのか、土の中が夏は冷たく冬は暖かだからか、太古の昔から犬の習性であろうか。

静かにPCで仕事をするわたしの足許で穏やかに寝そべり、時々手を伸ばすとつやつやした短毛の手触りが文章に行き詰まったわたしを癒す、などという夢は、捨てた。ギュンターはアクティブ派なのである。

家のワンコになってから四ヶ月目に、実家である警察犬訓練所で三週間の教育合宿を受け、晴れて警察犬の免許皆伝となる。かわいい盛りに手放すのはどんなガキンチョでも寂しい。親の心子知らずで、お迎えの車のケージに嬉々として乗り込むのを見送った。

実習期間が終って、夫の車の後部座席に新品の移動用ケージを載せ楽しみに迎えに行く。

「元気で活発な賢い仔ですよ」と、幾つもの賞状やトロフィーを背にした校長先生の、にこやかな笑顔に「どんなに出来上がったかな」嬉しい。

わたしたちの待つ広大な運動場に犬舎からリードを引かれて彼が出て来た。こちらに向かう彼の首は力強くリードされ校長先生の左足の側にぴったりと付いて歩き、グランドの中央部に座らせられる。この緊張感にわたしたちは声を発することが出来ない。

横に立った女性の教官がくすくす笑い出した。

「みて下さい、お二人の事気付いて、ギュンター君がこっち見てお尻がペコペコ持ち上がってます」

校長先生が、平行棒の上を歩かせ跳び箱を飛ばせて訓練の成果を披露しようと号令するが、気もそぞろもう彼の頭はわたしたちのことで一杯らしく「おかしいなあ、お前ちゃんと出来る癖になんだよ」と半ば落胆した校長先生であった。警察犬としての技能披露はさておき、辛うじて静々とわたしたちの傍まできて夫にリードが渡された。

もうすぐ、かえってくるヤツのしあがりをみに行った。

校長センセイ→

いつも10cmういている。

「おっ!コラ!イケナイ!アトへ ふだんこんなことしないんですよ」ほんとかな?

アレー変ってなあーいよ。

でも!!

カッコイイ!! トビマス、トビマス
70cm 校長先生は ほんとは1メートルとばしたかった。

こんなもの ピョーンだ!

でも失敗《しっぱい》するとはずかしいから 70cm!!

久しぶりにつなをもった
オーマにもとびかかって大はしゃぎ!!

そこで「ギュンターがずっとおりこうにみえる」という茶ラブのオニイチャン(マオ)を中島さんがつれて来た。

なるほどコイツはギュンターDS ぬいぐるみ状態。大コーフン。

とびかかる、だきつく、とっしんする。

おかげ様でギュンターが少しおりこうにみえました。

来週末には帰って来まあーす。お待たせえー。でも本質はかわってナイ。

その時の喜び方ハシャギ具合は尋常でなかったが、ともかく合宿終了ということでわが家の車に乗り込んだ。家へ帰れるなどと言うのではなく「どこかへ行ける」という喜びがはじけている。

これからのケアや注意などを聞いて「警察犬証明書」と書かれた金属板を有り難く頂いたのだが、どう見ても彼は落ちこぼれであり、そう思えば生後四ヶ月までここで引き取り手を待っていたという事実も認識できる。

しかしこれから如何なる破天荒が待ち受けるかもわからないわたしたちは、「よく帰って来たね、いい子になって良かったね」などと最大限の愛をこめて声がけしながら、合宿中の垢を落とすため庭の芝生でシャワーをする。

ほんとうは犬はワンコ専用のシャンプーを使わなければならないとされるが、わが家の懐具合からそれらの値札をみると何れも家族で使うボディシャンプーよりはるかに高価で、ペット産業に寄与するわけにはいかない。夫が仕事で出かけた旅行先のホテルのアメニティであるシャンプーがトラベルバックに沢山溜まっているので、それを使うことにした。幸いにしてわが愛犬はどこかのおじょうちゃま・おぼっちゃま犬のようにモフモフのカールした柔らかい毛並みとは違うし、手触り堅くごわごわした毛皮の持ち主で、まして香水好きの彼には綺麗になればそれで良い。

帰宅した夏の暑い日、水のシャワーをギュンターの頭から掛けると、こげ茶色の水が体から滴り落ちシャンプーをこすり付けてもまったく泡立たない。小さな袋を五、六個を空けるとようやく泡が出て来て、夫が「オー、これで綺麗になった。リンスもやってやろうな」と、たっぷりとすり込み、帰宅儀式が完了した。

この間リードも無く不思議に全くじっと動かないギュンターに、流石に訓練と感動すらした。「お前は風呂が好きなのか、俺と一緒だ」という夫は、次の瞬間ブルブルブルと体をゆすって水切りのシャワーを浴びせられて、びしょ濡れになった。

綺麗になって家の中に入ってきて、広げた使い古しのタオルケットの上でブルブル、ゴロゴロと自分で体を拭っている。とりあえず貸してやったわたしのヘアドライヤーは殊の外お気に入りであった。室内では大喜びで尾っぽを縦横に振り回して、ガラスコーティングされた造り付け家具の壁面を鞭打つように尾先で音高く叩く。デリケートな尾の皮膚が数カ所破れ、真っ赤な血が出て来た。部屋中あちこちをハシャギ飛び

おあついですね！
ボクお水だいすき
おにわのシャワーにむかって
天までとどけ！
とべ とべ
ギュンター！
あまりあばれて
ズルっとな
しまった すべった
つるりんこ！
きもちいい！
ピカピカのギュンターくん
になるもんね。

跳ね回った結果、筆に朱色のインクをたっぷり含ませた様な穂先が壁に見事な前衛書道の作品を残す。新進気鋭の設計士によって造られた真白な部屋が、血塗られた館と化す。

尾っぽの先の裂傷を押さえて出血を止め、ガーゼに薬箱から誰かの使い残した軟膏を塗り荷造りのガムテープでぎりぎり巻きにして、彼が嚙み切ってテープを食べてしまわないようにした。「ああしろ、こうしろ」と厳しい指示が外科医の口から飛ぶもののの、実際に彼を押さえ込み脚で挟んで処置をするのは何故か手術助手役のわたしであった。

こうして洗剤スプレーし、片手で黙々とぼろ切れで拭いて回るのが帰還第一日目である。

初恋

義母は九十を越え、幼い頃どこかの怪しからぬ犬に飛びつかれた経験からか犬が苦手で、自室から彼女が何らかの行動を起こす時は、テーブルベルを派手に鳴らしてもらって直接の接触を極力避けた。こうして超高齢者の事故防止に努め共存の形をとる。基本ギュンターは外で生活し、夕方だけ家に入ってひと遊びしてからケージの中で、朝まで寝かせることにする。

夫の病院で看護補佐として勤務し定年退職したナカムラさんが、週一の割合で義母の介護に来てくれ、彼女の底抜けに明るい笑い声に家中癒される。

お昼に義母とナカムラさん、そしてわたしはテレビをつけながら女子会ランチだが、ナカムラさんの視線の先には晴れた日も雨の日もガラス戸越しに、軒下に置いた縁台に乗ってわたしたちの食事と会話の進捗状況を凝視するギュンターがいた。「あらら、待ってるみたい、お散歩ですってさ。奥さまが箸を置くとわかるのかねえ。まあ、せわしないこと。今、行ってくれるッてさギュンチャン。必ず行くからお茶位飲ませて上げなよ」と通訳してくれる。

そしてわたしが立ち上がった瞬間、縁台から飛び降り庭中を散歩の助走に入る。「ご飯食べて直ぐ運動してはいけません」という亡母の声が思い出されないわけではないが、こうして毎日リードを握り近くの大きな公園に出かけるのが日課となった。

警察犬訓練所の教えは大したもので、一歩外に出るとリードを持つ左わきにピタリと付き、交差点でリードを軽く引いて「後へ」と小さな声で合図すると止り自発的に尻を地面につけて待つ。この話をすると「彼はパンツはいてないから、真夏のアスファルトの上でのお座りは気の毒だ」と知人男性が言う。

ともあれリードをつけている限り、ここまでは大変に立派で「お〜サッスガア」と感心した。彼の排泄物が桜葉にくるまれて桜餅、砂に転げてきな粉餅などの始末をしている時も、一五〇センチほど離れて座り申し訳なさそうな白目でこちらを窺う。「彼自身のものは独立自尊、自分で持つべきだ」と、ムスメが彼の首にぶら提げる真っ赤な可愛いバッグを作ってくれた。だが、犬の嗅覚は人間のそれより何千倍から一億倍ほども鋭いといわれ、鼻の下に先ほどまで自身の腹中に収まっていたものといえども、ぶら下げるのはいかにも気の毒な気がして、結局わたしが持つ。

この公園は様々な人々がやってくる。昼下がりの時間は小さなお子様タイムで「ワンワンだ、ワンワンだ」とこちらへ向かって突進する小さい子どもの後を、お母さんは慌てて追う。わたしはリードを短く持ちギュンターに伏せをさせる。親の心配をあっちにおいて近づいた子どもが指でつんつんと頭を突いても、耳や尾っぽを引っ張っても、ギュンターはやさしい目でじっとしてて声も出さない。警察犬としていささか落ちこぼれのわが犬は、災害時には子どもや高齢者の見守りとして立派に役目を果たすに違いない。

わたしたちが仕事で出張しなければならない時には、実家である訓練所にギュンターを預けた、ある朝、ずらりと並ぶ個室のケンネルを見て先生が驚いた。

「預かってた白ラブの仔犬が居なくて焦ったんですよ。そしたら、隣のケージのギュンターがその仔を抱いて寝てたんです。どうやって隣から連れ込んだのでしょうね、お互い寂しかったのかしら」

人それぞれ、犬それぞれ、才能がある。

ギュンターは対人に自信がもてるが対犬はかなり苦手で、様々な犬種が「遊ぼうよ」と傍まで来て臭いを嗅ごうとすると、飛び跳ねて回避する。警察犬は他犬に出遭っていちいち反応していたのでは仕事になるまいし、「警察犬」という看板持って戻ってきたからには、少なくともその様に教育されているはずと納得はする。

公園で出会うと相手の犬の名前を尋ね、アメリカ人のように直ぐその名を呼ぶが、飼い主にはそれぞれ「…チャンのオトウサン、…クンのオカアサン」と呼ぶ。この呼び方にわたしは違和感があるが、そんな些細なことで公園の和を乱すほど野暮ではない。

柴犬の武蔵くんのオトウサンは大声で「アレッ、グン太だ、元気かあ」と声掛けしてくれるけれど武蔵くんは友好的ではない。ボーダーコリーのカイくんは生来の使命感が強く黒い羊を捕獲すべく猛スピードで周りを駆け巡って囲い込み、真ん中でギュンターとわたしは目を回して動けない。シベリアンハスキーのシェリーちゃんはオカアサンも上品で、少し鼻をぴくつかせて擦り寄っては来るが相手が反応しないとそれ以上手を出すタイプではない。

　昼下がり、誰もいない公園の広場のずっと向こうのフェンス際ベンチに、耳をピンと立てオトウサンと顔をならべてこちらを注視する犬に気づく。白と黒のまだらのグレートデンのリク君は、大きななりしてオトウサンの膝に乗っかって相当の甘ったれだと思ったら、ベンチに腰かけたオトウサンの脚の間の地べたにお尻をつけて座っている。オトウサンより頭一つ座高が高く巨大な、でもとても大人しいリク君の大きさにギュンターは圧倒され、さっさと迂回して逃げ出す。

　その公園でギュンターは、同じラブラドールの白い色のマヤちゃんに遭遇した。ドギマギと彼女の周りを回るばかりの不器用さに先方のリードが絡まり、彼女のオカアサンがリードを外してもマヤちゃんは動ずることなく、すっかり取り乱し動き回る相手を静かにじっと見守っている。

　年がくれば誰にでも青春は巡ってくるが、オッチョコギュンターにも、キューピットは訪れたものの、放たれた矢がはたして二匹のラブラドールの心を射止めるだろうか。

公園には、コンクリートで舗装されスケートや縄跳びの格好の広場がある。この日も模範歩行でギュンターは歩いていた。突然、ビクッと立ち止まり、尾っぽを立てたと思ったその瞬間、はるか向こうからこちらを見ているワンコに向かって一〇〇メートル走のスタートを切った。リードを懸命に引き大声で「止れ、トマレ、後へ、アトへ」と叫びながら、この手を放すまいとわたしもガニ股で走る。

一〇〇メートルほど向こうに、一匹のワンコとオカアサンが恐怖に硬直し立ちすくんでいる。両足を競争中のグレーハウンドのようにそろえて駆けだしたギュンターは目的の三メートルほど手前で突然、急ブレーキかけた。両手でリードを持ち必死に後を追ったわたしも、ギュンターにぶつかりそうになりながら急停止する。向こうに見えた薄茶色の動体を、愛しのマヤちゃんと誤認したことがすべての発端であった。直前まで来て、姿かたちが全く違う事に気づいた。小型で耳が立ちO脚で背が低いフレンチブルドッグを、こともあろうに華奢で足の長いラブラドールと取り違えたとしか思えないのだが、ギュンターはよほど視力に欠けるか、強い想いが頭の中に占拠していたのであろう。

事実はそういうことで「すみませぇん、怖がらせてしまって御免なさぁい。家のおバカが、お宅様の可愛いいワンちゃんを見かけて、お近づきになりたかったようで……」とオカアサンとして、九十度に体を折って謝る。思いちがいは人にも犬にもある。

この話を聞いて訓練所の校長先生が「ちょっとギュンターを貸してください。家の白ラブの女の仔がちょうどシーズンなのでいいカップルでしょう」時機到来と迎えに来た。

「夏休みが終わったころに、真っ黒か薄茶色か、モフモフ綿毛の仔犬がたくさん見られるよ」と、孫に電話を掛けたり、落ち着かなくなった。

三日後に聞きなれたバンのエンジン音が聞こえ、玄関から飛び出してみるとギュンターが元気に戻ってきた。ところが連れ帰ってくれた訓練所の校長先生の顔が曇っている。

「ダメだ、こいつは。逃げ回ってて、役に立たなかったんですよ。すみませんでしたねえ」とのことであった。本犬は旅に疲れ、マヤちゃんの夢でもみているのか既に小屋で寝ている。

オイラ　ギュンター

オイラは犬、名前はもうある。オイラ　ギュンター。

森の中の、つまり実家の横浜警察犬学校パーキングから、先輩犬が大きめのバンにピョンと乗っかって、出かけて行く。いいなあ、見たことない所、行きてぇなぁ。

エッ、今日はオイラが乗せてもらえるの、ウッソォ、ワーイ。バンの後ろのトランクに乗っている移動用のケージに入ると、体に車輪の振動が伝わり始めた。

少し開いた窓から、初めて聞く音と風、次々と変わる臭いが急に体中を突き刺す。

毎日毎日見慣れた人たちとワンコたちと、おんなじ事を繰り返しずらっと並んだ犬舎に戻るとオイラの母親のオッパイ臭が充ちてうっとりとはした。

はじめて車で移動するとワクワク感あってテンション上がりっぱなし。車が停まってトランクの扉が開くと首にリードを付けられて、知らない家の門の前でコンクリートの床に「座れ」と校長先生から命令が下る、尻《けつ》がヒヤリと冷てえな。

周りに緑がたくさんある新興住宅地、玄関には笑顔いっぱいの子どもや大人が飛び出してきた。周りの臭いを観察する暇も与えられず、中へ引っぱり込まれ、後で玄関の重厚な木製ドアが閉まる。

握っていたリードを家の人に渡した校長先生が見たことのないようなニコニコ顔で丁寧にあいさつしバンに乗って帰って行った。オイラ寂しくなんかないもん。とりあえず、この家の中を点検して回ろう。

オイラ犬族の習性として、新しい共同生活者のランキング付けという重要な任務がある。家の中で一番体も声もデカいのが大ボス、差し詰め決して逆らわないでいるのが安全。家族がどんなに立ち働いていても、この人だけ悠然と腰をかけ「おい、あれ」と言うだけでボスの目前に要求するものが差し出される。

体育会系の身体とは真逆に神経が細かく繊細な心配りのボスは医療人らしく、衛生面においてひと際神経質で、毎日の散歩から帰ると玄関先でシャワーを丁寧に浴びさせられる。草むらから付いてくるダニや害虫、他犬のウンチやオシッコなどに付いている細菌などの不潔を絶対に家の中に持ち込ませないという確固とした決意である。

ボスは国内外の学会という学者の研究発表の集いで活躍しているらしくしばしば出張に出かける。滞在したホテルの客室にアメニティーとして備えられた石鹸、シャンプー&コンディショナー、歯ブラシなど総て頂いて帰って来るのは、子どもの頃の戦中戦後に欠乏生活をした習性だそうだ。オイラが使うシャンプーは、ブルガリ、資生堂、シャネルなどなど小さな袋をギュッと絞り出し体全体に振りかけられ、結果オイラは動く化粧品売り場となり「アラ、ギュンターちゃんたら良い匂い、ピカピカの黒光り」と声も掛かる。

犬の飼い方の専門家に言わせると、毎日シャワーしたり、まして人間用のシャンプーを使う等トンデモナイ、もっての外だそうだ。そういうペット用品の普及に取り組む方々の御意見は、この際差し置いて上等の香りは腹の中にしまうほどオイラは好きなのだ。

威風堂々のわがボスにも、考えられない間違えはあって、キャベツとレタスの区別が付かない。

ある日、何かのご褒美で「お前はいい子だなあ」と言いながら、目の前に置いてくれた葉っぱは、大好物のキャベツとは似て非の、すなわちレタスだった。「ヨシ、ギュンター、ヨ〜シ、食っていいぞ」と言われても、はっきり言ってレタスは、とても苦手なのだ。

「俺のやったキャベツが、食えねえのか」正面からドデカイ声が降ってくる。だが、「アノ〜、コレ、レタスなんで。おいら、苦手なんっす」と目で訴えて言っているのになあ。

夜遅く、聞きなれたエンジン音の車が坂の下から上ってきて、車庫のオートドアのバタンと閉まる音が聞こえた。

「お帰りですよぉ、お帰りになりましたよォ」九十歳にして衰えない声で、お殿様のご帰館を知らせるのは、ボスの母上である。大型の子供を七匹、ゴメンナサイ、立派な体つきのお子様たちを七人も産み上げた今なお、昔タレントにスカウトされること間違いないほど美しかったと言われる噂は生きている。

週に二日、老人介護施設のデイサービスに行く時には白粉をたたき口紅を引き首輪もぶら下げ、おしゃれで物静かかつ上品なレディとしてお迎えのワゴン車に乗り込む。先に乗った男性から「ノブコしゃぁ〜ん、お早うございま〜す」嬉しそうなしゃがれ声が幾つか聞こえ、相当、かなりモテてるんだ。本人はオカアサンに「私、お父さま以外の男性とお話したこと今までないの」と言うらしい。

家族が大切にしてる所を見ると、ボスの次のポジションはこのオバアチャンだ。流石にこの所、足許が弱くなり転倒などしたらタイヘンということで、おいらとの接触防止安全システムが設置された結果、まともに対面したことが未だないが、オバアチャンの唯一の欠点は、「犬は噛みつくもの」と思い込んでいる点にあると思うよ。

オイラのオカアサンは、ボスの召使い、オバアチャンの介護者にしてポジションⅢ、実は大いなるクセモノである。

この人は、家のすべての胃袋を摑んで管理し、家族そして時には五十人にも及ぶ親戚、仲間、またボスが親しい海外の超有名なドクター等々と多勢のお客さんたちが、まあ、お世辞と思うんだけど、その名をつけて「レストランスミコ」と呼ぶ。

数年前、オカアサンは急性肝炎で長く入院した。「男子厨房に入らず」の教えで料理が出来ないボスは「一分間で出来る男の料理」と題するテキストを買ってベッドサイドに置いとくものの実施できず、長年お手伝いさんに囲まれてキッチンはとても苦手なオバアチャンも困り果てた。挙句、四か月目にようやく退院した時には、普段感情をぐっと抑えるオバアチャンが、オカアサンのことを涙流してハグをしてた。オイラもウルウルしたけどさ。

ボスに嫁いでからずっと仕事で忙しいボスよりも、産み育ててくれた実家の母親よりも、ずっとずっと長い時間を一緒に暮らすオバアチャンとオカアサンは「ウ〜」と歯をむき出し合うのを見たことがないもんネ。

初めての公園デビューでは、「ギュンターです。宜しくお願いします」と丁寧に挨拶してくれた。以降、彼女は「ギュンター君のオカァサン」と呼ばれるようになった。帰り道「アンタなんか、産んだ覚えないのに、オカアサンとは何よ」とオイラにクレームつけるが、どうしようもない。考えてみると、毎日の身体検査、散歩、餌やり、シャワー、等々、これが母親の仕事でなくてナンだ？　いいじゃないの、オイラのオカアサン。オイラは気に入ってるよ。

　オカアサンはいささか乱暴で、ボスより三十センチも背が低く体重なんて半分しかないくせして、脚でオイラを押さえつけぎゅっと引っ張ったりするんだ。

　初対面でいきなり自分の膝に抱き上げオイラの体中撫でまわし、毛並みをチェック、鼻の濡れ具合を指でこすって確認、次に耳を引っ張り上げて中を覗き、唇をまくり上げて頬の上から上下の奥歯の間に親指と中指を無理に差し入れて口を開いて歯を丁寧に点検し、喉の奥、舌の色までジロっと見て、最後に失礼にも尾っぽを持ち上げ大切な玉宝までちゃんと二つあるかどうか調べ、遂には尻の穴までつぶさに観察した。

「ウ〜ン、やっぱり秋田犬のマイちゃんのお尻の穴は、小さくてきれいだったけど、洋犬は大きくて品がないね」そこまで言うか、放っといてくれ。犬族が一番苦手とする四肢の指の間も遠慮なく丁寧に撫でて身体検査は終わった。

　ここン家の孫たち四人が全員集合した時、もうオイラ嬉しすぎ尾っぽを思いっきりビュンビュン丸で振り回したというより、尾っぽのヤツが勝手に動いたってわけ。気取ってドイツ製の壁面収納家具なんか置くから、全面ガラスコーティングの扉に先がビシビシ当たって、でもそんなこと構わず尾っぽフリフリ部屋中飛び回った。尾っぽの先っちょにヒビ割れして……、血がポタポタ、みんなは「ギャア〜、血塗られた館になったァ」家中ホラー映画騒ぎだ。「怖いよ」オイラは逃げる、子どもは追いかける。結果、オカアサンは「誰か、そのアホ・ギュンターを早く捕まえて」叫びながら、雑巾と洗剤スプレーで壁を拭きまくる。

遂に確保されたオイラの胴体の上に、オカアサンはドンとお尻をおいて身動きできない。ボスの仕事がら医療材料は一般家庭よりは揃っているらしく、すばやく薬を塗り、ガーゼと包帯を巻く。そして首を傾げて少し考えた挙句に、「宅配便の荷作り用ガムテープを、茶色のでなく、黒いガムテープ」と子どもたちに取ってこさせ、仕上げとして、尾の先十センチ位をきりきり巻きにする。「ウン、まあ、これでいいわ。先っちょだけ茶色いのはチョットなあ」、オイラの漆黒のボディとのコーディネートまで気遣う。確かに確かに、オカアサンは偉い。

それにしてもなんだか重たくて、カッコ悪いナア。あっち向いてそっと歯でテープ取ろうとしたら「何やってんの」と鋭い声が飛んできた。

そばには二人の外科医親子がいたはずだが、何故かオカアサンが皆を陣頭指揮して治療に当たる。オイラだけでないよ、ボスが難病奇病になり脚に穴が開いて「痛い痛い」と大騒動の時も、毎日毎日丁寧に薬を塗り包帯巻いたのはオカアサン。ボスは痛いのが大の苦手で注射も「イヤだ」と言うそうだ。傷が痛くて辛いのが加算してイライラと「手際が悪い、包帯の巻き方が悪い」と散々コケにするが、オカアサンは口を食いしばって耳にウィーンと見えないシャッターを閉じながら手当をした。ボスにとっても担当看護師である。


夜、二階のケージに入れられて寝かされる時に、しばらく扉を開けたままオカアサンは傍に座って小声でブツブツつぶやきながら、手を中に入れて、頭や体中をゆっくりペースで撫でてくれる。オイラこの時が最高に好き。

「じゃあ、ギュンターお休みね」とサッサと切り上げる時は、オカアサンのテンション上っている時なのだ。階下から「おーい」とか「早く降りて来て」とか呼ぶ声が聞こえても「ハーイ、今、行きます」と答えながら、なかなか去らない時は、オカアサンが一人になりたい時。たまに目や鼻から水が溢れていたりして、感情流出が収まるまでオイラの側にいてくれる。その頬をペロリと舐めて上げると「ギュンターはやさしいね」とささやく。

たまにはオカアサンを喜ばせなければな。オイラほんとうは、癒し犬なんだぞ。

ここン家にはビジターがたくさん来る。まず来訪の頻度が高いのは、ムスコとムスメがそれぞれの家族四人一組で来るから、そうなると向こうもこっちもテンション上がりっぱなし。

ムスコ家族は、庭と玄関を隔てるフェンス越しに名前呼んでくれ、頭を軽く撫でてくれる。このムスコの恩師でドイツ人、偉い外科医ギュンター先生のファーストネームを、オイラ頂いているのだ。

孫の中で一番年上の男の子は孫一同を仕切ってて、何時もオイラとは少しソーシャルディスタンスを保って「あ〜しろ、こ〜しろ」と指示を出す。その妹の女の子は超カワイイ、ほっぺたをペロリすると「イヤァ〜ン」と言う声も、少し離れた所から細くて小さな指でオイラのことをツンツンされると、もうたまらんなあ。

ムスメ家族のパパさんは企業戦士でクール、散歩だって一番長い距離行ってくれる。ここン家のムスメであるママさんと二人の子供は、超ォ〜濃厚接触型、何時も高くて甘い声出して両手で揉みくちゃにする。長女は、そもそもオイラを「飼ってくれ」とボスに熱望した、言わばオーナーさん。やってくると先ずオイラの小屋に侵入し、愛を一杯に体中にこすりつけてくるからペロペロ顔を舐めてお返しする。長男は未だ幼稚園生ながら力がムチャクチャ強く、有無を言わせず首の皮をひっぱり引き寄せられる。コワい事知らないってのは、もっとも怖い。

この庭の訪問者は、人間以外にもいる。先犬レジェンド秋田犬ミユさんに隣家との境の石垣をシャナシャナ歩いてて尾っぽを引きちぎられたネコは縄張りに侵入しない。スズメやホオジロとか、オナガやカラス鳥たちが入れ替わり立ち代わり来るけど、気にしないことにしている。

そいつらのお目あての虫たちが多いのは嫌だ。オカアサンもこれら六本足を大の苦手として、いい年こいて「キャアア」と言う時は虫の出現なのだ。カナブンが大量発生して植木屋さんに消毒してもらったら、翌日ミドリ色の絨毯が庭に敷き詰められ「ワア〜気持ち悪い」オカアサンだけでなく全員で悶絶した。

樹にとまった上の方から真っ黒な大きめのカラス奴が、ウトウトしているオイラのすぐ傍までノコノコ平気でやってきて、水飲みボールとか餌の食べ残し探しをチェックする。けれど、「ギュンター、もっとゆっくり食べなさい」とオカアサンに注意をうけるオイラの食器に食べ残しなどあるはずない。この図々しい奴は他人とは思えない大きなハシブトカラスという鳥だ。

こいつ等には遠慮と言うものが全く無い。ガバチョとオイラが急に起き上がってやると、一応は逃げてみせるけどまた直ぐに、今度はヨメだか子供だかわからないのをぞろぞろ連れて引き返してくる。

この前、散歩しててゴミの集積所の側を通る時、多分家にくるメンバーらしい奴らが、「ここは俺たちの縄張りだ」とばかり、ゴミ漁りをしながらオイラにガンつけて

オイラ　ギュンター

きた。コワイわけないよ、なァんかお互い、近親感が沸くのかなあ。

オイラ、一匹旅がらす

実家の訓練所から初めて車に乗って外に出たあの時の解放感、ワクワク感、これが「旅」ってもんかと後で気が付いた。ボスとオカアサンも学会に参加で遠く海外迄出かけたり長期留守にすると、オイラは実家に預けられ待望のワゴン車で横浜まで帰省の旅が出来る。ケージに入れられるのは少しヤダけど、それでも旅に違いない。

ここン家で一番のお出かけ好きはオバアチャンで、大雨や雪など降らない日ほゞ毎日歩いて十五分の駅前スーパーへ出掛け、帰りは牛乳一本と野菜などを買い物袋に入れて持って帰ってくる。九十歳の誕生日ギフトとして、オカアサンが一休みできるシート・キャスター付のカートを用意したら「そんなもの、お婆さんみたいで嫌だわ」と断るし、見た目ムスコより若い宅配の男性のことを「アノお爺さん」という若さは、凄い。

ある日、家中が急に騒々しくなり、オイラは実家からワゴン車が来て急な里帰りをさせられた。しばらく日が過ぎて帰宅すると、家の中がシーンと静まりかえっている。お休みケージの前でオカアサンが「オバアチャンは、オジイチャンの待ってる天国に行っちゃったんだ」と言う。オイラ飛びついたりしないよ、だって警察犬だもん。お年寄りとか子どもにはやさしくするんだ。オバアチャーン帰ってきておくれよ、待ってるからさ。

囲まれた生活から、外へ出る。それも、もしかしてリードなしで……。考えただけでも凄くない？

はじめは軽い気持ちで金属の門扉に鼻を突っ込んだら重たいドアノブが上に持ち上がったよ。門扉が開いたんだ。隙間から外へ出てみる。いつもの散歩道を二百メーターほど行ったら、遠くからオカアサンの呼ぶ声が聞こえた。オイラの大きな耳は伊達についているわけではない、人間の四倍は聞こえるのさ。名前を呼ばれて立ち止まったら、即、旅が終わることだから聞こえないことにして、走れ、走れ、逃げろ、逃げろ。

広場で「アッ」、瞬間、頭がボオッとして全身がしびれて目の先に、あのあのあのマヤちゃんがいる。コレって、恋？　薄茶色の引き締まったボディ、優しい顔のラブラドールだ。マヤちゃんのオカアサンが「あら、ギュンター君、一人なの？」そんな言葉、何ァ〜ンも聞こえないし。耳寝かせて尾っぽが勝手にピキピキ動いて、傍によってクンクンしてみたけど、マヤちゃんはじっと動かない、ってことは、オイラのこときらいじゃないよね。

「一人で出たらダメよ、オカアサン心配してるわよ」と、マヤちゃんのオカアサンがやさしく彼女のリードを取ってオイラに付け替えてくれた。もう傍にいるだけでいい。

家までそうやって連れてきたマヤちゃんのオカアサンから事情説明があって、オイラのオカアサンがペコペコお礼を百万回言って、マヤちゃんたちは帰って行ってしまった。門扉を閉めて、オイラを見つめたオカアサンが「バアッカ」と言う。でも、いい旅だった。

それから、そんな旅を何回繰り返したかなあ。さしずめオイラは股旅モノよ。何時もマヤちゃん目当てに出たわけではないよ、旅が、自由が好きなだけ。駅前のショッピングモールでウインドショッピングするのも実に楽しい。オカアサンと一緒に行ったペットショップのガラスケースの中に、たくさんオイラの頭ほどしかない小さな、リスかモルモットみたいなワンコたちが入っていて、色んな色のリードやネックレス、ドッグフード、もうこれってオバアチャンの好きだったデパートって感じかな。もっと親しくしてたら、趣味が合ったはず。

モールの中を独り旅していたら、警備員さんの事務所の前で「オイ、オイ、お前、リード付けてないな。どうしたの」と、優しく声掛けしてくれ、頭も撫でてもらった。警備員のオジサンは「あいにく、此処にはワンちゃんの保護用品は置いてないんだよ。これでいいか、取り合えず」と荷物ひもをオイラの首輪に結わきつけ、しばらく考えてからいつものペットショップへ連れて行ってくれた。

夕方、我が愛犬は、
小づつみヒモ！
さっそうと、警備員さん連れて
JOKER へ、お買物

ペットショップのお姉さんが「ア～ラ、ギュンター君、今日は一人なの？」オジサンは紐の先をお姉さんに渡すと、片手で拝む格好して、「すみませんなあ、お願いします」と大慌てで店を後にする。オネエサンは常連客のオイラの首輪をチェックして、そこに刻まれたオカアサンの電話番号へ連絡した。

ここン家には、オバアチャン存命の頃からのヘルパーさん、ナカムラさんが来る。オイラ、この方、だァ～い好き。庭掃除が得意で、オカアサンのチッポケな花壇を手入れしたり、害虫なんか一ひねりで退治して、仕事の間中ずっとオイラに声かけしてくれる。何で好きかって？　ナカムラさんがサイコーな所は、庭仕事の間玄関と庭に入る扉にカギを掛けないことだ。この金属製の重たいノブでもカギかかってなければ鼻を使って平気で開けちゃう、オイラの特技なんで、ガッチャって音して、ナカムラさんが気がついて、駅まで届きそうな声で叫ぶ。「コラァ、ギュンちゃん、ダメだよ、そっちに行ったらダメ」

このオイラの旅立ち、ナカムラさんにとっては大アクシデントを何度か繰り返す内、チャレンジ精神がますます沸いてくる。よ～しナカムラさん、ゴメンね、門扉のカギ開けっぱなしになったらオイラすかさず旅に出るよ。今日もまた、またまたその時は来た、待ってました。

下道の角まで来て後ろを見ると、ナカムラさんが「ギュンちゃ～ん、待てぇ～」と叫びながら追いかけてくる。コロンと丸くて、オカアサンより少し背が低いが体にはエアロビクスに週一で通う元気がいっぱい詰まってて、今、全速力でオイラを追いかけて来る恰好は、メッチャカワイイ。女子に追いかけられると、どんどん逃げ、逃げたくなる、コレって男子の本性なのよ。ゴメンね、ナカムラさん。

結局ナカムラさんは掃除中にもかかわらず、田園都市線の次の、つきみ野まで追走してくれったってわけ。駅前まで来て家に帰る切符を買うにも財布ごと置いて来た。駅前交番に駆け込んだ所お巡りさんが、この事件を本部に電話で報告する。

「あ〜、徘徊犬一匹、女性がここまで追いかけてきて、見失ったとのことであります。犬種はダ・ブ・ダ・ドルと言うそうで黒イヌ、かなり大型で噛みついたりはしないとのことです。目下、横浜市瀬谷区の方向に逃走中。エッ、名前っすか？　グン太というそうです」。あらまし、ナカムラさんがオカアサンに語った捜査願いのストーリーだ。

そこから旅に出たオイラのことは「またか」ということで、ともかく他人様の大切な奥さままであるナカムラさんに何か事故など遭ったらどうしようと、オカアサンは心配で心がつぶれそうになった。

お巡りさんから電話を受け、取るものもとりあえず車をスッ飛ばし、つきみ野駅前交番に到着してオカアサンが目にしたものは、庭の箒を左手に、右手に雑巾を握りしめ心細げに立つナカムラさんだった。

オイラはそんなこととはつゆ知らず、イケイケどんどん、差し詰め実家方向の横浜戸塚方面に向かって走る。国道二四六を越え、国道十六号を横切った時は既に陽が傾きかけていた。交通量がハンパ無い大きな道路をどうやって横切ったか、全てテクニックよ、教えるものか。その先、あっちに寄り、こっちを鼻で観察し、旅を満喫して真っ暗になった頃、ポツンポツンと雨が降り始めやがて土砂降りになってきた。

道路わきの整備されてない石ころゴロゴロのパーキングの、プラスティック製のトタン屋根の下に避難した。ようやく雨が上がったものの、この先どこへ向かえばいいのか、どこへ戻ればいいのか、すっかり臭いが洗い流されて、旅に出て初めて不安を感じる。

南町田のモールにある行きつけのペットショップでガラス越しに見たリスのような犬、チワワを連れた女性がリードを引いて目の前を歩いて来た。そして「あら、アナタ、どうしたの？　まあ、びしょ濡れで可哀そうに。家へ一緒においで」と促してくれた。やさしい女性には従った方が良い。チワワちゃんのあとから付いていき、駐車場の隣のマンションの一室へお邪魔しまぁす。そこで、突然の来客にも拘らず法外な

ワーイ 自由だ、自由だ！ うれしいナ ランランランのラン
散歩のジイサン
犬を放すナッ!!
にげたのもオマエが不注意だからだ おんなじこった！
ブツブツブツ
アラにげてルワ
ホレホレおかしよ！
ワンチャンワンチャン
ご近所のオバチャマたち、がんばって1km走る!!
もうニンターまんで にげるにげる！
犬はにげたんです！ 放したのではアッリッマッセン！
OMA
←みんなゴつミすてで ツッカケサンダル

持て成しを受けた。

チワワちゃんの四日分のドッグフードを頂き、お風呂場で温かいシャワーを浴びさせていただき、ドライヤーで乾かして下さる。「大人しいいい子ねエ、きみは」と、言いながらそのオカアサンがオイラの首輪の迷子札に気がつく。


真夜中にボスとオカアサンは「もうあの犬は諦めよう。交通事故に遭っても仕方ないね」と、コチコチ時を刻む壁掛け時計がもう一時間で明日になるのを見ながら、つぶやいていた。そこへオカアサンの携帯が鳴って、見知らぬ女性から「お宅のワンちゃん、うちで保護していますからお迎えに来てください」と言われた。横浜市という住所を聞いてびっくり仰天、なんでそんな遠くまでと絶句した。

遠くにも拘らず、夜中にも拘らず、すっ飛んで迎えにきたボスとオカアサンに、オイラに赤くて細いチワワ用のリードをつけて例の駐車場まで出てきた女性が、ことと次第を手短に話した。名も名乗らず、正確な家も告げてくれない、何とカッコいいチワワちゃんのオカアサン、オイラたちの車を手振りで見送ってくれた。

家に帰る三十分程の間、何にもしゃべらない車内は、ドッグシャンプーの淡い香りがただよい支配していた。
これがオイラの、最長の大旅行であった。

ギュンターのボスとオカアサン

ギュンターは十三歳、人の歳に換算すると卒寿を迎えた頃まったく突然これまでのヒストリーを腹中に丸呑みしたように、臨月かと思うほど日ごとに腹が膨らむ。いくらジェンダーフリーの世を迎えたと言っても、まさかお目出度は全く絶対にあり得ない。

ずっと以前、目黒に住んでいた時の獣医さんが庭にいた青大将を見つけるや否や、落ちていた棒切れを「エイ、エイ」と振り下ろし命を奪った。幼かった家のムスメが「この蛇は毒を持ってないし、何もしてない動物を殺してはいけないんだよ」とそっと呟いた。南町田に越してから、スーパー獣医のヒロセ先生がわが家のワンワンたちのかかりつけ医として、いずれのワンワンたちも、心を込めて診療・治療して下さり、十歳を過ぎ高齢を重ねてから天国への旅立ちも見守ってくれた。

遠くからハーレーダビッドソンの独特のモーター音を聞くと、ギュンターの頭の中には即、鼻の曲がりそうな刺激臭のアルコール消毒、次に注射と恐怖の図式が広がり、庭の中を逃げ回る。大きなモーターバイクに颯爽と跨ったヒロセ先生が現れても、今回は腹が重くて逃げる気配が無く、耳を後ろに倒して硬直したまま診察を受けた。

「腹水がかなり溜まっていますね。腹の中に何か出来ているのかなあ。本当は私の母校の獣医大学に受診して検査してもらいたいのですが、ギュンター君はご高齢だし、はっきり言って検査台の上で大人しくしてくれるかどうか……」

ギュンターの本質の表裏をすっかりお見通しのヒロセ先生と、ヒトの消化器外科治療を専門とするボスとの話し合いの結果、ここは消極的な緩和療法で難関を突破しようと言う結論に至った。

ボスは、家中の残薬を持ってこさせて、しばらく指先であれこれひっかきまわし熟考の挙句、消化剤や肝臓の薬や泌尿器系の消炎剤、その上、鎮痛・鎮静、あらゆる抗生剤と、その全部、結構な量を投与することに決める。ギュンターは本来、食事の嗜好は提供されるものも食べてはいけないものも全て、即、胃に納め日に二度のゴハンの時には「待てよ……待て」と言う号令も待ち切れないタイプだが、この度はその食欲がなくなってボスの監視下のもと、オカアサンが一方の手で口を開いてもう一方の手で喉の奥に、ハンパない量の薬を遠慮なく押し込み、確実に喉を通過するのを見届けるまで口吻をしっかり捕まえて離さない。


翌日から時と所をかまわずに水様便が滴り落ち、三日三晩お祭りの様にピーピードンドンと下痢が続いた。そののち、ア〜ラ不思議お腹はペッタンコになった。結局どの薬が効いたのか、種類が多すぎて分からない。

街路樹のプラタナス、公園の中の桜や銀杏、ケヤキなどの大木から枯葉が散って地面に敷き詰められる頃になるとギュンターの散歩のテンポがゆっくりとなった。家に帰ると、お気に入りの車庫上の芝生に登る。たった四段の石段も「ヨッコラショ」と苦労して上り、ドタンと寝転がって晩秋の陽を楽しむ。

若い頃のギュンターに、天上から不思議な霊が時折降臨してスイッチがオンとなった。車庫上から突然、猛ダッシュで石段を飛び降り、庭の端にある石灯籠まで直進し、両脚を踏ん張って折り返す黒い弾丸は、ダービーのサラブレッドさながらに狭い庭を三周、四周、五周と、制限速度をはるかに越えて縦横無尽に駆けまわる。どんな姿の霊がわがギュンターに降りてくるのか、この目で一度は見てみたかったが、もう絶えて久しくこの独りダービーも行われなくなっていた。

はしゃぎ過ぎて、尾っぽの先で、わが家を血塗られた館にした元気は消えた。あまり何度も同じ事故を繰り返すので訓練所の校長先生に「いっそドーベルマンみたいに断尾した方が本犬も辛くないのでは……」と呟いた。校長先生はしばらく真剣に考え込んだ後「ラブラドールで尻尾の無いヤツは、見たことねぇなぁ」と、絞り出すように返されたことを、何故か今、思い出す。

空から白い花びらの様な雪が舞い落ち、桜は枝先の薄緑の蕾を慌てて固く縮め、東京にはめずらしい大雪が積もった。

この時、あのガチャンという門扉の音がした。この高齢でまた独り旅ってか、風流にも雪見に出かける？　まさか！　わたしは自らを落ち着かせてスノーシューズを履き、防水のダウンコートを着て手にリードを握り、玄関のカギを忘れずに後を追う。積り始めた雪には点々と四つの足あとが残り、少し先の公園入口の真っ白な世界をバックに、真っ黒い尾っぽの先がピコピコと、メトロノームの針の様に動いている。若い時には八分音符で、やがて四分音符、そして今雪の中を老犬は、全音符でゆっくりとリズムを刻む。

公園で、樹の根元にほんのおしるし程度にマーキングを施すと、小さな黄色い痕跡が雪に残った。上げた片足を支える他方の脚がよろけ、危うく転びそうになったりカッコ悪い。

「もう帰ろうよ。寒いし雪で濡れたしさ」少し重そうになった金属チェーンの首輪にリードを付ける。ギュンターがこれまでに行った独り旅は両手で数えきれないが、旅の途中でわたしが追いつき捕まえたことはこれがはじめてだ。直ぐに捕まったわが身を嘆いて恨めしそうにわたしを見上げた。オカアサンもかなり情けない。

冬が去り、街路樹の銀杏の枝先にもカワイイ葉がついて、春の陽は穏やかに車庫上のギュンターの身体を温める。ナカムラさんが今日も庭掃除に来てくれて「ギュンちゃんもオジイチャンになっちゃったねえ。アンタが、大人しいのは寂しいじゃん」と、頭を撫でられ、耳を後ろに倒した。隙を見つけて逃亡劇が演じられたのは夢の夢、今はもう普通の老犬である。

急にギュンターの全身が緊張して、ひょろりと起き上がろうと首をもたげ、前脚を立てる。慕わしい雰囲気の誰かが家にむかって坂道を下ってきて門の前に立った。

孫たち四人はそれぞれの時を刻み共にすらりと背が伸びて今風のカッコいい大学生となり、あのギュンターの弟分であった男子もすでに高校生となっている。ギュンターが急に弱ったと聞いて、孫のオーナーさんが様子を見に駆け付けた。

「ギュンター、大丈夫？」その声にゆっくりと起き上がる。何時も通りオデコとオデコをくっつけ、首筋をもんで貰うと、安心したように再びペタンと座った。

いくら何でももう旅に出る元気は残っていまいと家中の誰もが少し寂しく、そして安心をしていた。

「ギュンちゃんが逃げたァ」ナカムラさんの信じがたい声に、家の中のわたしたちは一瞬総立ちとなる。立ち上がれるはずがなく、門までの石段など独りで降りられるはずもない。重い門扉を開ける力など絶対にないはずの彼が、あの青春の旅立ちの日を取り戻したのだ。オーナーさんが、あっという間に玄関を飛び出す。日ごろ弟に「姉さん、馬みたい」と言われる長い脚のオーナーさんは、坂道を全速力で駆け降りた。

例の交差点まで行ったところで、犬は馬に捕獲された。首に下げるペンダントの鎖も重そうでかわいそうと外していたので、頭の上の皮を引っ張り上げ、つかまれている。何時もの散歩のように、礼に適って左脚にピタリとつく「後へ」の姿勢を取ったギュンターが、リードではなく頭の皮一枚をオーナーさんにしっかりと握られ、しずしずとわが家に戻ってきた。

ラストトラベルとなった一週間後、苦しみもなく、再び連れ戻されることは決してない旅に出た。その後、わが家の家族それぞれの夢の中に、神出鬼没で現れ数年が経つと「あの子は名犬だった」とレジェンドとなって、今も語り継がれている。

オーナーさんは名犬の思い出から抜けきれないまま大学院を卒業して就職し、恋をして佳き人と出遭う。その彼もまた無類の犬好きで、結婚式の詳細を決める過程には、先ず犬は大型犬のスイスシェパードと決めて、大型犬が飼えるマンションを探し、結婚式にはリングボーイとして参列させるという新生活の夢を、総て犬中心に回した。

名を聖徳太子の愛犬に因んで、雪丸と名付け、大きさは既にギュンターを越え、かの先犬を半面教師として育てるオーナーさんは決して大声で叱ったりしない。従って、雪丸は穏やかで上品で大人しい。それにしてもギュンターだけに関して言えば、わたし、オカアサンの教育法が悪かったのかと少し反省もする。
雪丸は総身、真っ白で、もちろん、真っ黒ではない。

3

一艇ありて一人《いちにん》なし

スパート行くよ

形状の異なるビル群の空では、夕陽が赤色を刻々と変化させながら漆黒のカーテンを閉ざそうとしている。それに呼応して、昼間薄汚れたグレーな雰囲気の若者の街は今、宝石をまき散らしたようなイルミネーションに煌めき始めた。

四十年近く住んだ緑の多い静謐な郊外から都心のマンションの小さな一室に引っ越し、窓からの新しい眺めをふたりは眺める。これまで住んでいた家で子どもたちが巣立ち、夫の母とワンワン達がそれぞれの濃い思い出を天へ持ち去った。残された時には既にわたしたちは後期高齢者という括りに入っており、向かい合う食卓の会話も少ない。

幸い未だ社会につながる仕事に恵まれる夫が職場に通うにも、またこのところの体調不良を考えると今後の生活は先細り必須で、血を分けた子どもたちの近くで暮らしたいと考え始めた。ムスコもムスメもそれぞれが家庭を持ち都心に腰を落ち着け生活し始めたから二人の住居のちょうど中間地点の、事あれば車を飛ばして十分位で駆け付けてくれそうな場所ならば、彼らの生活を脅かすことも無かろう。

転居を決め居心地満点の家を手放すに当たって、誰に話すよりも先ずこれを建築しメンテナンスしてくれている棟梁と、人と犬みんなの面倒をずっとみてくれているナカムラさんに、心をこめ言葉を尽くして納得してもらう。同時にこれまで仕事上は勿論、たびたびに及ぶ突発的な夫の体調不良を心身とも支えてくれた大学病院の仲間たちに、「オコラレル」のを覚悟で話した。案の定「実のムスコたちより俺たちの方が役に立つのに」と言われるのをじっと聞き、そして「すまんな、ムスコも君たちの後輩だから、何かあったら結局は頼ってくるよ、その時はよろしくな」と話した。四方円満が、夫の「オレ流」である。

「これからは少し楽しもうね」と、美しい都心の空を見上げながらつぶやく夫に「こんどはあなたの事、書こうかな」と言ってみた。「何でも全部、これまで黙っていた事も書いていいよ」窓から見上げる蒼空のように透明な笑みを浮かべる。

夫は、東京都新宿区牛込で生まれ本郷で育った。父親は、祖父の代から地域医療に尽す実家の医院を継がず、出身大学の病理学教室に勤務し優秀な後輩たちを束ねていた。母親は休む間もなく三年ごとに次々と子供を出産して絶えず授乳し、おむつを替え育児に忙しく、その家事と育児を独身であった叔母が助けた。兄弟三番目である夫の、幼稚園の送り迎えなど全てを母親に代わって担当したが、毎朝「幼稚園行くの、やだよォ」と大泣きし着物の袂《たもと》を放さず困らせた。二人の姉にオハジキやお手玉は鍛えられ得意としたが、小学校に進学して近所に遊び男子の友達が出来ると「女子の遊びなんかおかしくって」と、コマやメンコの腕を上げる。

ところが仲間内に喧嘩が始まるといち早く逃亡し、家に駆けこんでから一人で「て、やんでぇ」と啖呵を切る。家の中で口達者な姉たちが激しい口バトルを繰り広げる時も、もめ事が大嫌いで巻き込まれないように成り行きをじっと観察し介入しない。

小学五年生になった頃、第二次世界大戦は激化して国の雰囲気が一変し、国内各地や都内も空襲を受け、今までの様なささやかで平和な若い医学者の暮らしは続けられなくなった。父親は独り勤務のある本郷に残って、家族を平塚の実家へ疎開させようと決心する。

疎開先の小学校での第一日目、転校生の夫はこれまで通り白襟のついた都会風の学童服を着て登校した。

「東京から来てよォ、何にでも『ネェ、ネェ』って女みてぇにクッ喋ってよォ、オカシかんべ」疎開っ子は黙って頭を下げ、その言葉が通り過ぎるのを待ち歯を食いしばった。

戦後七十年経った今、疎開中は「とても大切にされた」となつかしそうに話す人もいれば、都会から疎開すると文化や言葉に馴染めず辛い思いをしたという思い出を引きずる人もいる。

終戦ひと月前の七月十六日、米軍は平塚市にも焼夷弾は雨の様に降り注ぎ、一家は大磯のちかくの遠縁を頼って避難する。夫は、小学六年生にしては大きな体であったが、関東大震災時に家の梁の下敷きとなり足腰痛めた祖母と幼い妹二人をリヤカーに乗せて引っ張り、花水川を渡って火の海を逃げた。本郷に残る父親不在の一家はこうして命長らえる。ようやく終戦を迎えたが国民は何処の家庭も誰かがこの戦いの犠牲になった。だが、幸いにも夫の家族中で欠ける者はなく、父親も家族と合流し、少時の平和が訪れたのは翌年のことだ。

姉二人が本郷の親戚に下宿して都内の女学校に通うことになると、昼間は痩せっぽちの夫が家族の中で唯一の男性として頑張らざるを得ない。風呂炊き用の薪割りや買い物などに出かける母親を自転車の後ろに乗せて行くのも仕事だ。日ごろ障害のある祖母や年下の幼い妹たちに付ききりで世話をする母を、この時ばかりは独占して一緒に過ごす貴重な幸せな時間でもあり、たびたび「お母さん、今日はお使い行かないの」と声かけをする。これらの肉体労働は成長半ばの少年にとってかなりの負担で苦しいものであったと思われるが、将来のアスリートとしての基礎体力作りには有効であったのかもしれない。

翌年は中学進学である。同じ小学校から進学する人の少ない難関の旧制県立湘南中学校を目指す。厳しい入試に向けプレッシャーは計り知れず、夫は〝逆立ち記憶法〟を考案した。試験に出そうな歴史や地理など逆立ちする間に覚えようと自らに課し、医院と住居を繋ぐ狭い廊下で紙を広げ真っ赤になって逆立ちするのを、家族は笑って通り過ぎて行く。

その甲斐あってか無事合格したものの、同級生はほとんどが逗子・茅ヶ崎・鎌倉の、真正湘南ボーイたちで、せっかく覚えた「ダンベ」言葉は役立たず「平塚は湘南ではないよね」の声も聞こえた。平塚から藤沢まで国鉄つまりJRの超過密ギュウギュウ詰め列車で登校したが、ある日の朝礼で教師が静かに話をはじめた。

「今朝、わが校の生徒が列車のデッキから振り落とされて亡くなった。列車通学者は気を付けるように」まるで背中に冷い水を浴びせられた様だ。

国の学校制度が変わり、旧制中学校は新制中学と高校になった。この学校は卒業生に多くの著名な作家や学者を輩出する進学校で、「文武両道」をモットーに掲げ、野球で一九四九年には甲子園に出場し優勝も果たした。クラスメートたちは成績も優秀で、夫はいつも自分を劣等に置き、水泳部とコーラス部に入ったものの、この頃の自分は文武両道は遠かったとふり返る。

大学入試に臨み慶應義塾大学に合格したけれど、志望の医学部へ行くには予科の二年間を日吉で学び、更に厳しい選抜試験を受ける制度が待っていた。とにもかくにも大学には入学が許されて、慶應ボーイとして系列の小学校（幼稚舎）や中学（普通部）からの進学生たちと一緒に楽しく遊んだ。だが内部から進学した彼らは、試験の度に悠々と高得点を取る。下手すると外部から入学した自分は、置いてきぼりを喰って医学部に行けなくなるかもと愕然となった。まさかこの度は逆立ち勉強法ではムリで、父親の知人の紹介で信州のお寺に身を寄せ俗世界から一切隔離されたところで試験勉強に徹した。

ようやく医学部進学者の名前がキャンパスの告知板に発表され、喜びにこぶしを握りしめる。となりに立つ自分と似たような大柄な骨格の同級生二人とはじめて笑顔を交した。一緒に医学部のある信濃町キャンパスへ行ってみようと話がまとまった。門を入りキョロキョロと見まわしていると、白衣の人が近づいて「君たち、今度の日曜日、戸田へボート漕ぎに来いよ」と声掛けされる。水上で吹く五月の風は気持ちよさそうで、三人はいそいそとその誘いに乗った。

戸田の慶應艇庫に行ってみると件の人は待っていて、お客さんとしてボートに乗せてくれた。「はじめてオール持つにしては、うまいじゃないか」等と口当たり良い言葉にも乗る。こうしてひと際厳しいと言われるボート競技への勧誘に、三人は見事に嵌った。

家のアルバムにあるオールを持ち颯爽とした写真は、父親が第一回日本漕艇大会で大学の代表として優勝した時の英姿である。「僕、ボート部に入ったよ」と張り切って夫が報告すると、さぞ喜ぶであろう父親はややあって「医学部の勉強とボート、両方やるのは、お前さんには無理でしょう」とはっきり言われた。しかし一度言い出したことだから、敵に背中を見せるのは武家の末裔として許されまいと初めて意地を貫き、正式に医学部端艇部入部届に署名した。

そこそこに厳しい練習と勉強に汗して、恒例の対抗戦にも出ることが許された。真夏のある日、最初にボートへ誘ってくれたあのドクターが厳しい目つきで三人の前に立ち「お前たち三人、本チャンからコンバットされたぞ」と言う。慶應義塾大学體育會端艇部、この猛々しい名のボート部は私学一の伝統と誇りを有し、毎年のレガッタや五輪代表クルーにも漕手を送り出す名門である。

隅田川の合宿所は行き交う人々をひっくるめて、いずれの体育会のご多分に漏れず汗にまみれてキタナく、医学部からの三人は予科二年分を載せると年長の筈だが、新入りとして年の若い先輩たちの雑用にこき使われた。入部したばかりの彼らを待っていたのは、来る日も来る日も全員の食事当番いわゆる飯炊きで、かまどに薪をくべて炊く米飯に「飯が堅いゾ、買ってきた揚げ物なんか出したらダメだ。明日の練習で腹が気持ち悪くなるだろう。飯炊きは何やってんだ」と罵声が飛ぶ。新入りとして「チワァ」と年少者にも頭を下げねばならない。買い物帰りに二十歳過ぎた彼らはストレス解消にタバコを一服して戻ると、何故かバレていて年下の先輩から思いっ切りのビンタが飛んだ。正しくパワハラ真っ盛りであった。

このビンタは確かに本チャン体育会員としての覚悟と「ナニクソ」と燃え上がる闘魂が湧いたが、自分は決して人を暴力で押えつけまいと決心したことも確かだ。こうなると意地でも退部などするもんかと歯を食いしばり、オールをもって漕げる日を目指す。

ようやく対抗戦で漕ぐことをコーチに許された。大勢の部員の中で、花の漕手は、エイトで八人、フォアで四人、ガリガリに肉が削げ落ちる程しごかれて、監督コーチの目に留まり、メンバーに成れる。選出には先輩も後輩もなく実力あるのみだがボートという競技は、目立つスターは不要で、一人抜きん出て上手く、あるいは強く漕げてもボートは早く走るわけでは決してない。

旧制第二高等学校長の「一艇ありて、一人《いちにん》なし」と言う言葉が残っている。この言葉は、オールを持つ人々の全身にボート漕法の神髄と教えられしみ込む。この後、夫が身を置いた様々な場、例えば学問所である大学研究室、病院の組織、海外や国内での学会運営、そして三十五万人の母校同窓会の主宰など、あらゆる運営の場面でも、この哲学は活き続けてきた。

一九五六年四月、季節遅れの雪がオール持つ手に冷い。この年はオリンピック年で、慶應としては何としても夏の日本代表決定戦まで持ち込み、最終的に十二月のメルボルンで行われるオリンピックに八人漕のエイトで出場させたいと盛り上がる。年越しの相模湖で行われた合宿では、全員が丸坊主となりガイコツのように痩せ細って正月気分等は無く、猛練習に明け暮れた。だが、監督はじめコーチ陣はボートシーズン明け四月の早慶レガッタに及んでも、誰を漕手八人に選ぶか決めていない。

相模湖で二つの細いシェルボートを競い合わせ「そこの四番漕手、あっちの四番と交替」と言われ、二艇の漕手が度々入れ替る。直前まで花の対抗エイト八人と、第二エイト八人は決らず戦々恐々だ。そしてその日の朝発表された対抗メンバーに夫の名は無く、第二エイトを漕ぐことになった。プログラム最終直前に、夫たち八人は懸命にオールを引き、早稲田に大差をつけて勝った。隅田川辺に腕を組み鋭い視線を投げていた監督は、対抗エイトも勝ったが第二エイトの中から三人の漕手を夏の本番に使おうと決める。シートは八つ、最終的に誰がシートを降りて誰がゲットし、代表決定戦の本番に出られるのだろう。

その間、医学部の授業は続く。後の私たちの結婚披露宴でスピーチに立った同級生が夫のことを「今日この日、ケロリと晴れやかな顔つきの花ムコは、実は私たち同級生によってオリンピックに行き医学部を卒業出来たので、そのことを忘れない様に」と笑いをとった。彼等が授業のノートを写してくれ資料も見せてくれ、「本当にありがとう」といつも夫は一瞬真顔になって感謝する。

灼熱の太陽が真っ黒に日焼けした肌をジリジリと刺す。直前に発表された八人の若者は、母校の名を背負って死にもの狂いでオールを動かした。その結果、メディアが一押しの東大でも力の早稲田でもなく、京大との一騎打ちで、審判が慶大の勝利を宣告した。その差はわずか三十センチ。

十二月、ボートのエイト部門日本代表としてメルボルンに向った。この時、慶應大学医学部教授会では「学問を放り出してオリンピックに行くなど、けしからん」との発言があった。だが、「母校というか、第二次大戦で敗戦した母国のために送り出そうじゃないか」という意見が出て、晴れて夫はオリンピック出場を果たすことが出来た。この時後押しをしてくれた教授は恐らく「代表選を勝ち抜いた一艇に、一人を欠くのは許されまい」と考えたと思われる。

一石二鳥では決してなかった道のりのオリンピック出場

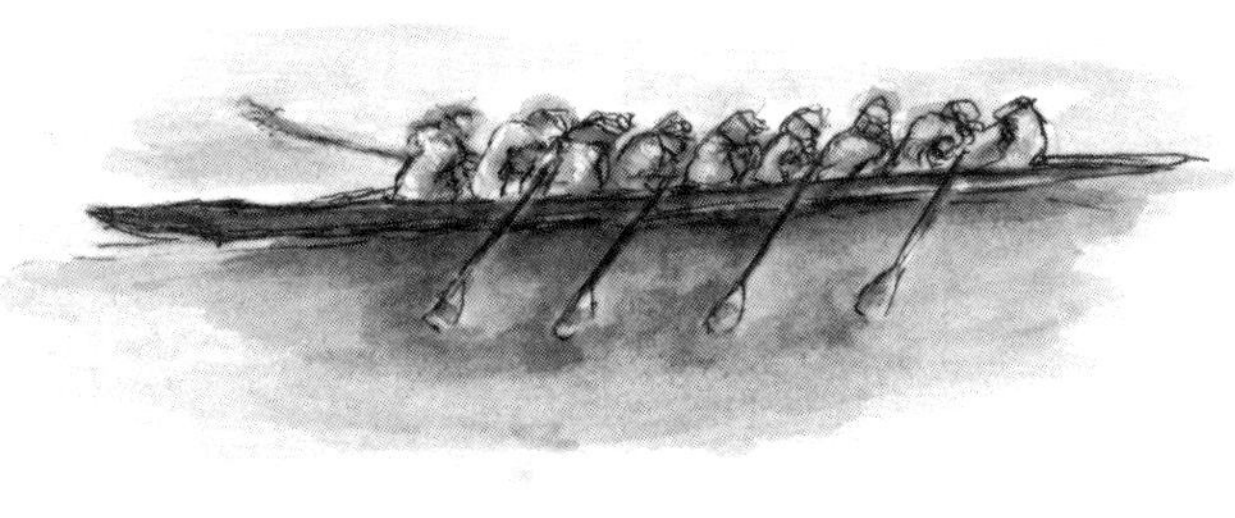

だが、準決勝まで進んで敗退した。欧米の漕手と日本人の体格は格段に異り、密かに「嫁に外国のデカイ人もらって、子供の代でこの無念を晴らそう」と話し合いもしたそうだ。医学生として戻って来た夫は、応援してくれた人々に対して学科一つも絶対に落せないと「練習よりキツかった」猛勉強をふり返る。

アルコールのアレルギーを持つ夫は、パーティーや会合の度に「私はアルコールは苦手で」と相手の申し出を断れない。グラスに注がれたドイツのビール、フランスのワイン、大吟醸を傍の鉢植えや目の前の空いたコップやグラス、隣に同伴した時の妻の器などに、注ぎ入れる早業は稀代のマジシャンである。

医学部研修医時代にコワモテの上級医師から、「ボートを漕いで、胸毛も生えているくせに俺の注いだ酒が飲めねぇのか」と怒られ、無理な飲酒で辛い体験をした結果アルコールアレルギーが原因の体調不良で長期入院をした。同じ体質を持つ父親からは「断るべきは断れ。それが男だ」と、諭される。

研修を終えた夫は外科に入局した途端に「君、内視鏡を勉強し給え」と、教授から天の声が降った。夢に見た憧れの血潮飛び散る手術室でメスを揮うのではなく、内科医が診断を主体で行うものと思っていた内視鏡室へ、不本意ながら入った。そこには二人の先輩外科医がいて、「おー、丁度いいから患者さんの頭をしっかり支えろ」というのが、初仕事である。

十九世紀、胃の中を診る内視鏡の発明はヨーロッパの街で剣を呑みこむ大道芸をみて、コレはイケルと金属の管を胃の中に押し込んで覗いたが発端と、医学史に在る。ここ慶應病院で行われていた内視鏡も、硬性内視鏡というパイプを患者の喉から押し入れるかなりつらいもので、検査台上の人の頭を固定しなければならない。沢山の透明なグラスファイバーを束ねてくねくね曲るスコープとした現代の内視鏡や胃の中を撮影する胃カメラは、夫がこの内視鏡外科チームに参加してからしばらく後のことで、世界の医学界に先駆けて日本で緒に就いたばかりであった。

一九九六年のある朝、夫の留学中にドイツキール大学外科教室でカンファレンスが開かれ「今や内視鏡を用いて、胃の中を診る時代に突入した。わが外科にも導入したいが、誰か申し出てくれ」と教授から発言があった。日本で内視鏡を扱いなれた自分としては早速に手を高々と挙げるべきところ、頭の中でさて何と説明しようかとドイツ語の構文を作っている内にタイムアウトになり、チャンスの尻尾を掴み損ねる。

自分の語学力と優柔不断さに嫌気がさし、留学を切り上げようと思いつめた。しかし、妻の父親の親友で大家さんのドクターが、第二次大戦中にシベリアで捕虜となった収容所《ラーゲリ》でのつらい体験を話してくれ、異国での厳しい状況は我慢をすると必ず報われると、とつとつと物語る真実溢れるアドヴァイスを受け留め、その後一年の留学生活を続けることが出来た。


お客さま大好きな夫は自宅に、海外の外科医や、勤め先の仲間、親戚等々、多くのゲストを招き、妻の手料理で持て成す。たとえ子どもたちが期末試験中の真最中であろうとなかろうと原則家族全員参加の歓迎がわが家の習わしで、お持て成しスタイルであった。

大学病院やボート部の仲間たちは、出されたものは犬も舐めない程きれいに平らげてくれ、家中のそこここにはデッドボトルがずらりと並ぶ。家全体を開放すると、若い仲間の中には泥酔して半ば意識不明となり、新築したばかりの家を汚さないようにと気づかう仲間によって耳にレジ袋を吊るされへたりこんでいた。庭では深夜にあるまじき大声で「ワンワン」と叫びながら家のワンコを追いかけ運動会をする人もいる。ここ新興住宅地は未だ家がまばらで、ムスコがバンド仲間と大きな音を出してもいい様に防音には気を使って建てた家での大騒ぎだった。会がお開きになると何台かのマイカーが、交通違反間ちがいなしのたくさんの人々を詰め込んで乗せ帰って行った。

祭りの後の玄関に、何故か紳士靴が片方一個だけ、ポツンと残されている。

わが家のキャパシティは全館解放しても五十人入るのがせいぜいだが、毎年のクリスマスにきょうだい七人が各々の家族を伴い総勢四十人越えでファミリー会を祝って潮が引くように帰っていくと家は俄かに森となる。そこから毎回、反省会が始まって義母と子どもは逃げ足早く自室に去るが、妻ひとりが俎板の鯉としてこの家のボスの説教を聞くことになる。「君のあの発言は怪しからん、あの時はもっと気を効かせろ」というのが毎回の議題である。大人になったムスメが言うには「あれは夫の愛だよ、妻がきょうだいに悪く思われると困ると思ったんだヨ」だそうだ。

「手がデカいのに、よくまあ細かい外科手術ができるねぇ」という評価と同時に「身体は大きいが気配りが細やか」と言われる。誰しもが恩師や上司等には気遣い怠りなく努めるであろうが、友人、仲間、後輩、親戚身内へさえも細心の心配りをする。そして妻に関しては、自分自身と一心一体で在らねばならないと考え、常に厳しい。

ある日、外で開かれた親戚の集まりから、タクシーで帰路についた。近くの高速を降りても反省会は止まらない。ついに運転席からタクシードライバーの発言があった。

「ダンナサン、もうそろそろ勘弁して上げましょうや。オクサンもわかったと思いますよ」


夫は厳しい祖母から「いちばん先になりたい者はすべての人の後になり、すべての人に仕える者になりなさい」と度々教えられた。だから先頭切って駆け出した時、いつも伴走してくれる人がいるかどうかを確かめる。

北里大学で夫は消化器の外科、すなわち食物を飲み込んでから体外に出すまでの病気の診断と治療を専門としたが、その勤務時代に色んな消化器に関連する様々な学会や研究会を主宰して日本三大消化器病に関する学会の会長に決まりかけた。銀座のゴージャスにして密やかなバーで、夫は学会の長老たちに囲まれ、ドンと呼ばれる人から言われる。

「君ね、一人で何もかも学会やろうってのは、いけないよ。今回は後輩に回してやれ。君としては、やりたいんだろうがな。」低く囁くような声は只ならぬ威圧感があった。

「お言葉を教室に持ち帰り伝えます。ただ、学会は私一人がやりたいというのではなく、仲間たちが『やりましょう』と背中を押してくれますので、まず彼らの了解を得ます」と答え、長老たちが憮然とする席を、ひとりすっくと立って後にした。

十九世紀ウイーン大学の大外科医ビルロートの高弟、ミクリッチは若くしてドイツの大学に教授として赴任し、セクショナリズム真っ盛りの中、他科との協力で仕事するという新機軸を試みた。百年の時を越え、この北里大学東病院消化器疾患治療センターで行おうとしている事は、正しく各セクションの垣根を取り払い医学研究と医療を連携しようという試みである。内科、外科、病理、薬剤、検査という各科は勿論のこと、事務、栄養や清掃に至るまで、病む人を助ける目的を旗印に掲げ、院長と共に働こうとしていた。

仲間と一緒にやるという信念は在職中まったく揺るがず、研究と医療にあった垣根を取り払う。各科の集めたデータが集積され、各学会では主催者側の示す学問に対する主義主張を、各々の研究発表や会長講演などに集約して皆の仕事として発表した。晴れ舞台以外の陰にあっても、開催準備から当日の受付、ゲストの接遇迄、懸命に働いたのは、学会運営会社の人々よりこの病院の仲間たちだった。

初めて主催した大きな日本内視鏡外科学会で、研究発表や熱い討議を終えた国内外のゲストたちを横浜港客船ツアーで持て成そうと計画した。あいにく急な雨が降り出し、これでは会場から移動するバスから桟橋、そして乗船するまでにゲストたちが濡れてしまう。バスを降りた人々の頭上に突然次々に色とりどりの傘が連なって挿された。何十もの傘を持つのは、自らが濡れるのを厭わない病院の医師やスタッフたちで、夫はお出迎えに備えて船上のデッキから様子を見て「アイツ等、やってくれるねぇ…

…」と呟く。その頬が、しとどに濡れた。

国際学会の宴席などで披露されるジョークに「内科医はよーく考えるが何もしない、外科医は何も考えないで行動する、病理医は既に遅すぎる」というように、夫の性格は正しく外科医向きだ。

病室で夫が落ちているゴミくずを拾う。「アッ先生、すみません。お掃除の人に言っておきます」あわてるナースの言葉に、「見た人が片付けたらいいんだよ」とニッコリ返す。

若い仲間が事務系の女性に恋をした。「よし、俺に任せておけ」と胸を叩き、ふたりを呼び出して大学近くのカフェの席に座らせる。翌日「どうだった」と問う夫は「スミマセン。実は昨日の女性ではなく、僕はその隣の席の人が……」と報告を受けた。「まあ、これも縁だからサ、折角逢ったんだから、昨日の女性にしておけよ」と答える夫に、彼は顔を伏せる。

大学病院には様々な職種の人々が受診し、コワモテの見るからにその筋の人も来て、そこからのクレーム対応にはいつも夫が呼び出された。外見では一歩も下がることはないのだが、実は夫は大変な恐がりで注射が大の苦手と逃げ回ることは見た目では分かるまい。

その日も秘書から、「コワーい方が、先生に話があると外来に来てます」と言われ、応接室に緊張して座った。その人は脇に長細い包みを抱いて入ってきて、その抱えた脇差か猟銃で襲撃されたらどうしようと、今すぐここから逃げ出したい。「この病院は、皆親切だな。オレ、お陰で命救われた。世話になったから、コレ気持ちよ」と、片手で包みを差し出した。ドスの利いた声に「患者さんに頂き物はできないことになっている」と言えず、ただ深くお辞儀をする。帰っていった人が机の上に置いていった物は、超特大の新巻鮭であった。

ドイツとの医学交流を貴ぶ夫は、留学先であったドイツの大学の仲間と連携して内視鏡外科という分野を広げるために、若いドクターたちの短期交換留学システムを構築する。世界の中で医学の発展途上にある国々へ、自らも消化器内科医と共に積極的に内視鏡の技術を広めに行き、その国の日本で学びたいと手を挙げる人々を拒まず大学に受け入れた。

実は第二次大戦で敗退した後の日本とドイツは、戦勝国アメリカの様に研究費が潤沢ではなく医学は後れをとっていて、多くの若手の医師たちは留学先を最早、欧州に見切りをつけアメリカとした。だが、それでも夫は留学先にドイツを推す。ヨーロッパの長い文化の歴史は医学だけでなく深く、この機会にそれを自分の目でみて触れてきてほしいという。

ドイツへ留学した人々の滞在先に、時差を図りながら必ず月に一度は国際電話をかけ、ホームシックの度合いや同道の家族の状態をチェックした。

「一つ、週末には家族を連れて外食しろよ、ウィーンの名物料理で鶏の脚の焼いたのが塩味でさっぱりと美味いし、安い。二つ、言葉なんか分からなくても笑顔で『ヤアヤア、ダンケ、ダンケ（ありがとう）』って言っとけ、そのうち何とかなる。三つ、今辛くても少し頑張ると良い時が必ずくる」と、数か条を伝え「今度、国際学会でヨーロッパに行くから、その時そちらに寄るよ。君を助けてくれてるオクサンによろしくな」と切る。

そして約束を守り、律儀に彼ら各々の留学先を訪れてドイツ人の上司と会い「彼は言葉はできないかもしれないが、外科医の腕は確かだから活躍する場を与えてほしい」と直訴した。自宅訪問もして、職場で苦労する本人よりも同伴の妻の方が彼の地に積極的に馴染む姿を確認し安心して帰国する。

こうして派遣した何人目かの医師が、自分の車で夫が帰国するのを空港へ向かうバス停まで送った。夫がバスに荷物を積み終わり席に座るのを見届けると、弱々しく肩の高さで手を振る。夫は開かない車窓に額を押し付けて見るその姿に「あと一年だ、頑張れよ」と思いを込める。間もなくバスは滑り出した。

度々の海外出張をセットしてくれるトラベル会社の人が、電話で確認して来る。「先生、いつも旅費を私費で振り込まれてますが、スポンサー見つけましょうか」旅費や滞在費など他人様のお世話になりたくないと断った。金によって他に拘束されるのはイヤで、それらの出費を家族が云々することは絶対にないと、信じている。

学会でも大学の中でも、国際的な交流が活気を帯びていった。北里大学病院の内視鏡室では、医師や技師たちが検査を受ける人々の間を縫って右往左往する。突然個別の検査室から大きな声が聞こえた。

「ハイ、背中丸めて、ヘビのようになって下さーい」検査台に横たわる人の頭に「?」が浮ぶ。ヘビとエビを言い間ちがえたのは海外からの留学生医師で、これは胃の中に内視鏡を挿入する前の常套句である。もう一つの検査室では「ハイ、無事終わりましたよ」に続いて「ウワッ!」患者さんの声が響く。頭の上の布を取り払われた人が、あまりにも至近距離に見慣れない金髪で蒼い目の医師を見たからだ。

差別と言う言葉とほど遠い立ち位置に、夫は常に居た。人種や肌の色、ジェンダー、LGBTなどに関しても、自身がヨーロッパ滞在中に体験したことを踏まえて垣根は置かない。三十年ほど前、ある人が「あのドクター、ゲイらしいよ」と薄笑いし乍らささやくと、夫が答えた。「それが医療とどういう関係があるの?」。

人でも生き物でも、弱い立場や追い詰められた人、苦労する人を、自身の囲いの中に置いて背中を押していた。

学会挨拶やテーブルスピーチを求められると明るい声を張りあげる第一声で会場は

一瞬シーンと静まり、指定の時間通りできっちりと話し終える。これが夫の特技のひとつだ。ところが家族の行事などにおいては、時計はネジを巻かないと進まない時代、夫の腹時計はネジを巻き忘れる傾向にあった。

未だ結婚前のデイトで待ち合わせた銀座のカフェへ約束の時間が過ぎても現れない。再三腕時計に目を落としながら独り椅子を温め続ける如何にも地方出の女の子であったわたしに「オネエチャン、そんなに待たす奴は放っておきな。オレと一緒にいい所へ行こうよ」と、イケメンでちょっとコワめのオニイサンから声掛けされた。もし付いて行っていたら海外に売り飛ばされ、違った人生を歩いたかもしれない。二時間ほど経って「手術が長引いて、連絡できなくて、ゴメンね」と、にっこりとほほ笑みながら彼は現れた。その頃ケイタイ電話はない。

代々の勤務外科医の家に生まれ育ち、縁あって彼を伴侶に選んだ時「どんなに待たされても我慢しなさい。それほどに外科医は仕事に集中するものだ、それで良いのだ」と、滅多に説教がましいことは言わない同業の父親が、しみじみと言った。

第一子を里帰り出産するわたしが九州の実家で産気づく。夫は上司に「子供が産まれるので、行かせて下さい」と申し出ると、即座に「おまえが産む訳ではない。出産に男は何も役に立たない。行っても無駄だ、診療を続けろ」ここでもパワハラが全開であった。無事生れた長男がようやく片言が言えるようになってから、寝ている時に出勤し寝静まってから帰宅する父親に向って「パパ　こんど　何時　くるの」と言った。

仕事第一、プライベート第二と言う考えはその当時は当たり前で、それは強制されただけでなく自身が「今日、手術した患者さん、大丈夫かな」と、矢も楯もたまらず帰宅しても再び病院へ戻って行った。現在では医師の働き方改革が進められ、どんなに若手で体力充分であっても、このような虐待に似た事態は改善されようとしている。因みに当時、世界中どんな先進国でも外科医の離婚率が高いと言われた。

時は春、イエであろうとノラであろうと猫たちは、異様な唸り声をあげ春真っ盛りで、やがて周り近所からカワイイ鳴き声が聞こえ始める。家の車庫に停めた車のボンネットは生暖かく、春冷えの夜にはネコ家族には格好のベッドルームだ。

夫が帰宅し車庫の扉を開くと、沢山の猫たちが大慌てて集団避難し、逃げ損ねた小さな一匹が、車庫の片隅に固まって震えていた。超イヌ派でネコは大の苦手、日頃から「猫がうるせえなあ、捕まえて三味線屋に売っ払うぞ」と、過激な発言までした。ある宴席で芸者さんから、高級な三味線はネコの皮を張る「ホラ、オッパイの跡がここに在るでしょう」と、教えられた。因みに太鼓は犬、大きいのは牛の革と聞く。

だが今、夫は大きな手を差し伸べ逃げ遅れた幼い生命を優しく包んでいた。「ウへ〜、カワイイねえ。今、オカアチャンの所に帰してやるよ」と、隣の空き地の草むらで心配げに固まる親許に向かってそっと差出し、手や胸元に付いたネコの毛をパンと叩いて門扉に手を掛けた瞬間、家を隔てたもう一方の隣の空き地から、少しトーンの高い「ニャー」が聞こえた。そういえばさっき返した仔猫と、親にかじり付いていた仔猫たちのサイズが少し違うようだ。

「まあ、いいだろ、一緒に車庫に同居した家族同士だ。その内本当の親に返すだろう」ということにした。

上野動物園のゴリラ園は、パンダを見たい人々の長蛇の行列をスルーパスして、脱走を謀ろうとフェンスを蹴とばし続ける孤独な丹頂鶴の横を通り、痩せて落ち着かずうろつく虎が住む、更に後ろにある。

七頭のゴリラ群に在って、成獣男子の証である尖がり頭で銀色の毛が背中に光るシルバーバックは、ひと際堂々と誰が見ても群れのリーダーだ。名古屋東山動物園でイケメンと名高いシャバーニの兄である、ここ上野のハオコもガラス越しの観客ゾーンに送る視線は中々に色っぽい。後ろ向きで次々に野菜を口に頬ばる背中はどっしりと辺りを威圧し、リーダーはかく在るべきと物語る。

六十年の昔にわたしたちは見合いの席で出会った。事前にわたしは父親から「相手さま

に気に入られたら、大相撲の桟敷席に連れて行って下さるそうだ」と告げられ、熱狂的な今でいうスモジョ（相撲女子）はこの餌にまんまと釣られた。

彼は、「オレ、見合いするよ」と同級生たちに伝えた所「一緒に相撲を観に行くのか、そりゃイイや。あそこではオマエも、かなりスマートに見えるからナ、大丈夫だ」と、五月人形の鍾馗《しょうき》さまそのまんまの人気横綱を思い浮かべた友人たちに太鼓判を押された。

正月場所では仲人夫人とわたしの父そして見合い中のわたしたち四人が狭い桟敷に座り、取組が終盤に差し掛かると、夫がそそくさと焼き鳥や幕の内弁当の食べ残しを「ノブに食わせてやろう」と呟きながら集め始めた。後にそれが彼の家のワンコの名前ではなく中学生だった弟の名前だったことが判った。リーダーには常に、群れに充分な食物を運ぶという重要な役割があり、家族の中で父親に次ぐサブリーダーではあったが、既に彼はその素質を備えていた。

頼りの父親が亡くなった時、七人きょうだいの長男として三十六歳は大勢の前で喪主として挨拶をし、同時に群れのリーダーを継承した。その後は身内や姻戚ひっくるめて家族の冠婚葬祭を滞りなく取り仕切った。

当時の結婚式の形態では概ね上司が仲人を務めるのだが、夫の覚書ノートには仲人の重責を務める上での新郎新婦のデータが細々と記され、その数は四十組を超える。

南町田に引っ越したばかりの慶事は都心の会場で、時間的に余裕をもって迎えの車に来てもらい、夫は車中で仲人の挨拶原稿に目を通し始めた。東名高速を少し走ったところで全ての車両がピタリと停められる。トラックからのガソリン流出事故で、全面通行止めになり、これでは結婚式に間に合うまい、そう判断してわたしたちは近くの駅から電車に乗り継ごうと決めた。都内に着いた電車から更にタクシーを拾うには四車線の大きな国道二四六を横切らねばならない。歩行者用の信号が青になったところで「走れぇー」とリーダーの声が飛ぶ。わたしは黒紋付の裾をたくし上げ草履を履いてペタペタと後に続くが、アスリートのスピードにとうてい追い付ける訳がない。

大安吉日のこの日、人気の結婚式場は挙式予定が次々と入り混んでいて会場側としてはせめて新郎新婦が揃えばいいということで、既に祝詞奏上が始っていた。おごそかに静まった中をわたしたちは神主の冷たいチラ視を感じながら、「ハアッ、ハアッ」と息絶え絶えで仲人の椅子にへたり込んだ。

見合い写真に写っていた夫は既に、オシャレであった。出かける前の夜にスーツを揃えネクタイとポケットチーフ、カフリングスを選び、帰宅するとスーツの襟に汗をとる目的で白い木綿のハンカチを掛けてハンガーに吊るす。ズボンプレッサーでパンツのしわを伸ばし、スーツは二日続けて同じものは着ない、これが人前に出る夫の決まり事である。新婚の頃、新妻のわたしが吊るしたスーツの上着が著しく歪んで捻じれていたらしく、それが幸いして、その後一連の仕事は、全て彼自身の手で行った。

一年一度の三十五万人の会員を擁する母校同窓会大会を三日後に控えた日、例の一連のアイテムも整い、あいさつ文も上々の出来上がりで、あとは理容室でおめかしするだけとなる。大型商業施設四階にある馴染みの〝床屋さん〟で整髪を終わり、タクシーを拾って帰宅しようと一階に降りた。近くで買い物をする妻を拾って帰ろうと、携帯を手にする。歩きスマホで大理石様の床に脚を取られて、後ろのめりに転んだ。頭から出た血の池の中に仰向けに横たわる姿は、テロに遭った人のようだった。駆け付けたわたしの呼びかけに、閉じた目で答えようと瞼がひくひくと動く。薄れかけた意識の中からの第一声は、救急隊員に対する「ありがとう」であった。

救急科での様々な検査を重ね、受けた頭の傷が癒えると、リハビリ専門病院へ転院し、二か月後にようやく家に戻って来る。

この転倒こそ、夫が積み重ねてきた生涯最終章の、衝撃的なターニングポイントであった。

イージィーオール

退院してきた夫は、野生動物としてアフリカの原野で捕獲され狭いフェンスの中に閉じ込められた大きなゾウさんとかカバさんの様にいらいらと家中を歩き回り、夜中に起き出して思わぬ行動を起す。探しものが無いと言いながら、引き出しや棚を探し回る。次の夜キッチンの引き出しをひっくり返す大轟音で飛び起きるとこれまで聞いたことが無いような怒声を上げ、まるで明日引っ越すかのように机やソファーなどの家具をリビングの一隅に積み上げ、布製品のテーブルクロスやクッションなどは全てベランダに放り出してある。そして壁に向かって用を足し、床にはタンザニア湖が出来た。誘導しようとするわたしを打っちゃりで、見事にひっくり返し夫が勝った。

この悲惨な状態を救って下さったのは、夫の基礎疾患である国認定難病ＩｇＧ４の専門家と、高齢者認知症のスペシャリスト、いずれも母校慶應義塾大学のお二人であった。難病に対する薬と鎮静剤、これらをきちんと服用することが大切と指示される。またもし夜中に立ち上がり混乱を来たす兆候が見えたら「奥さま、直ぐにトイレにでも逃げ込んで下さい。ご本人はもとよりあなたがケガをするといけないから、ハサミもナイフも隠しましょう」と猛獣使いの極意も聞き、これは大変な事になったと呆然として立ちつくす。

日を置かずに介護のケアマネージャー、リハビリ専門家が寄って、自宅でどのように介護して穏やかな日々を送られるかについてディスカッションし、スケジュールを構築してくれる。オムツ、使い捨て手袋、歩行器、夜中の急な起き上りと行動に対応するためのセンサー、ベッドサイドとトイレに自分で摑まる立ち上がり補助棒等々、介護用品は日々発展していて、グッズがたちまちの内に自宅に届いた。

こまごまとした介護計画書通りに、送迎付リハビリ専門施設への通所と、自宅での理学療法士、入浴サービスの介護ヘルパー、その準備のための医療処置をするナースという陣容が瞬く間に決まった。

理学療法士と名はいかめしいが優しいオニイサンに「流石ァ、五輪アスリート」と持ち上げられながら、まんざらでないように素直に体を動かす。小柄なナースが入浴前後の処置をテキパキと行う。ヘルパーは華奢な体の見かけによらない力で、リビングでスッポンポンの丸裸になった夫の肘を支えてバックしながら浴室に向かう。「アンヨは上手」の姿を妻として見てはいけない様に思い、目を伏せた。

これで次の週には、ぎっしりの予定をこなすと早くも生活にメリハリが出来始め、夜間の混乱と恐怖が消えて行く。

入浴準備に入ったナースが天まで届きそうな高い明るい声で体操をしてくれる。「脚を力一杯上げましょう、イチニ、サンシ、あら、サボったらダメですよ、もっと力を込めて」と号令をかけ「次にボート漕ぎを十回しましょうね、オール持った積りで、グッと引っ張る、力入れて引っ張らないとボートは動きませんよ」

幸いにも、彼女はこれまで夫のキャリアを知らない。本当は「ボートってものはナ、そんなにして漕ぐもんじゃない」等とは一言も発せず、黙々と従い「お上手、お上手」と褒められ満更でもない顔だ。

専門職による介護の滑り出しは大変に順調かつ有効であった。日めくりカレンダーを操る様にメンタルも落ち着きを取り戻す。しかし、山の様に届いた介護のテキストやマニュアル、ハウトゥ本を読んでいるうち、介護する側の肩に重圧が増す。三分の一ほど目を通したところで「パン」と本を閉じ、わたしは持ち前の、わがまま勝手流で介護しようと決心した。

思えば、動物の飼育員に憧れて大型のゾウサン、カバサンの世話をしたかったではないか。そうだ、夫はこれまでの様な確固とした考えと万人が認める意志を持つ人を卒業して大きくて素直なペットだと考え、この人に伴走して楽しく身の回りの世話を担当しよう。今日から大型ペット「オーパちゃん」のオカアサンになろう。

人が独りでなく第三のいのちと共に行きたがるのは、孤独がこわいからだろうか。もちろん例外はあり独りが断然いいと思うのは自由だが、それでも社会を全く遮断しては生きられまい。共存の相手を人とすると大なり小なりトラブルや軋轢が生じ、その結果お互いに話し合い折り合いをつけ、少し我慢しながら暮らすことになる。そこで言葉か体力を使って相手をねじ伏せたとすると、その行為はもはや暴力である。

だが相手が、例えば他のいのち、言い換えれば犬などのペットとすると、こちらの言分を通したり、談判するなど感情をぶつけても反論してやり返されることは無い。人間側が一方的に手でも口でも、ましてムチ等の道具で押さえつけると、それは動物虐待となる。

抵抗しないいのちたちと共存をする時、それを生かすための食事や排泄、身体の清潔保持のケア等々の世話をするのは当然で、相手側から物理的な見返りは具体的にはほとんどないだろう。尺度では測れない愛を注ぐことによってペット側は体で愛を表現して応え、両者の共存が成り立つ。他のいのちとの触れ合いによって人の心や言い表せない孤独が癒され、その結果生きる歓びを得ることが出来ると、長い間沢山のいのちと過ごす内に、気づいた。

介護テキストを開くと、高齢者の介護をするにあたり、こうすれば、ああして上げればと具体的なアドヴァイスがあるものの、そこには介護をする側に自ずから多少の上から、もしくは下から目線が見え隠れする。例えば高齢者に対してやみくもに幼児言葉で話しかけたり、全く知識や能力が自分より劣ると決めつけてかかるのは甚だキケンである。相手がこれまで積み上げて来たキャリアは、介護する側よりはるかに高嶺にあったかもしれない。

今回の自宅介護を始めるにあたり、オカアサンとしては笑顔と声を発信しながらこころを伝え、お互いをイーブンなサイド バイ サイドの立ち位置で共存の介護生活を歩き出そうと決めた。そうして「ありがとう」を発信すると、彼からも微笑みつきの

「ありがとう」が返される。

リハビリで身体を動かすと当然空腹となり、オーパちゃんは日に三度の食事を好き嫌いなく残さず食べる。キッチン仕事が大好きなオカアサンは、たった一人のお客であるオーパちゃんに「ダンナさん、今日は和食ですか、中華にしますか、それともイタリアンかドイツ料理」とオーダーを取った。おおむね洋食の方が好みで、冷蔵庫の保存状況でメニューが決まっている場合は、オーダーは取らない。手の届くほど近くのキッチンから、まな板と包丁、鍋や水道水でとりどりの音を響かせて料理していると「賑やかだねぇ」と遠慮がちなクレームがつく。「今、良いもの作っているからネ」と言いながら、仕上げに「心」と言う調味料を入念に振りかける。食卓に運ぶと「あー、美味しそうだネエ」とくしゃくしゃにした顔で喜ぶ。コックのオカアサンはオーパちゃんの一言に舞上がるほど喜んでみせ、大きな声で「ありがとう」と言う。

野生動物の様に粗暴であったオーパちゃんは、ひと月後にはすっかり落ち着きを取り戻した。ムスコ、ムスメの家族が時に触れ折に触れて顔を出し、総力で高齢両親を支え、時々オカアサンが落ち込む気持ちにも寄り添って、わが家に暖かい春の陽がさしてきた。

だれしも空腹時には不機嫌を来たすがオーパちゃんは夕方五時過ぎが危険域で、対策を講じなければならない。テレビのスイッチをオンにして相撲やスポーツがあればよいが、ニュースやドラマは苦手で、ブルーレイや録っておいたコンサート、動物の動画は独りでおとなしく観られる。中でも、ムスコが手術するドキュメンタリー番組の録画が殊の外気に入っていて、自分も宙で手を動かして画面の手技と同じような動作をしながら何度リピートしても飽きない。ぐずり始めた子供に世の母親たちがアニメの動画をスイッチオンして見せるのと同じだ。

御機嫌ななめ対処法はもうひとつ、大好きな電話かけを奨励する。現役の人々にとっては甚だ迷惑な時間帯なので、同年配のヒマそうな人をオーパちゃんのケイタイ電話帳から検索し「ちょっとお話させてもらってよろしいですか」と聞いてから、受話器を渡す。高齢の先方もほゞ同じ様な状況らしくお互いに何度も同じ話を繰り返した末「今度、一緒に飯食いに行きましょう」と会話が成立する。時折、大学の仲間に掛けると二言三言交わす内、楽しかった思い出が押し寄せ感情流出となり、大きな目からポロポロと大粒の真珠がこぼれ始めついにはワーンと泣き出し絶句して、この日の電話作戦はオカアサンのお詫びの言葉で終了する。

独りで食事するのを嫌い「一緒に食べようよ」「早くおいでよ」と、オカアサンがテーブルに着くのを待った。高齢のつれあいが隣の席で喉に物を詰まらせて息絶えたり、スープをこぼしてヤケドしたりするのを誰が見過ごせるものかと、毎度そそくさと目の前のものを飲み下す。「君はメシ食うの早いねぇ」と横から食事の進行具合を見て感心するが、きょうだい七人のもぐもぐタイムを激戦の末、勝ち抜いてきたオーパちゃんは今や大いにペースダウンした。

嫁いで初めての大家族七人での夕食はすき焼きで二つの鍋が食卓に並んだ。実家で一人娘のように育って食事はゆっくり味わえと親から教えられたが、婚家先での食卓では両方の鍋に右から左から箸が伸び、あっという間に肉はおろかネギや焼き豆腐なども姿を消す様子に呆然とした。
「アナタね、この家で遠慮してたらご飯ずっと食べ損なうわよ」と、義母が小鉢にせっせと取り分けてくれた。

食後はかなりの量の薬を忘れず服用と決まっていて、「ア〜ン」と促すとオーパちゃんがカバサンのように大きな口を開ける。ずらりと並ぶ歯は、戦争前後に育って栄養不足の学齢期に生え替わったマンマの、全部ナマ歯で、煎餅でも氷のキューブでもバリバリと音高くかみ砕き、電動歯ブラシを渡すと上下を毎回丁寧に磨く。魚の小骨が歯の隙間に入ったと言うので、ルーペ眼鏡をかけたオカアサンは歯間用の糸と毛抜きを持ち、気になっていると訴える物を除去する。その間おとなしく口はアーンと開けたままだ。

週二回ムスメが介護を手伝い、便秘気味のオーパちゃんにトイレで号令をかける。小さな子どもたちに水泳を教えることを生き甲斐とするムスメが、プールサイドと同じ大声を上げ「ハイ、息吸って吐いて、もう一度大きく息吸って、吸って吸って、止めましょう。ウーン」真っ赤になったオーパちゃんが無事に目的達成し「おめでとうございます」とグータッチを交す。

トイレから顔を出して母親に向ったムスメが「年取ると、こんなに素直がイイネ。誰かさんみたいにガンコなバアサンは可愛くないよ」と言う。

耳掃除も鼻毛も、眉毛も髪の毛も、全部オカアサンが処理するというのは自慢ではなく、子どもたちに言わせるといわばわたしの趣味で、むかし実家のワイヤーヘアードをトリミングした修業が役立っている。黒毛がパラパラ交じる白髪の大型ペットオーパちゃんは仕上がりが難しく、よく見ると後ろの方がホワイトタイガーつまり虎刈りとなった。居眠りしている内に出来上がり「ダンナサン、いい男が出来上がりましたよ」と鏡を見せると、料金代わりの特上の微笑がそこに映る。

生来の音楽好きで、懐かしいクラシックのメロディに唱和して涙を流し、スタンダードを聴いて小刻みに身体をスウィングした。若い時に「年とっても一緒に踊ろうね」と言ったことを思い出し、両手を取ってみると座ったままでマンボもルンバもリズム良く、オカアサンをリードして回転までさせる。

狭いわが家を歩行器や車いすで移動する時には、必ず唇に歌を乗せる。レパートリーは童謡・演歌から、母校の応援歌、讃美歌から軍歌、果てはお座敷歌まで中々に広い。「タニシ殿、タニシ殿」という俗謡には、「ア〜それそれ」と合いの手を入れ、子守歌の「ねむれ良い子ヨォー」と歌えば「チャラララ」とビブラートつけた伴奏が呼応する。オカアサンが歌詞を忘れて胡麻化したり音程を外すと、即座に「ちがってるヨ」と厳しいチェックが入る。

二〇一九年に発現したコロナという前代未聞の疫病は、またたく間に世界中を席巻し死者の数を重ね未だ収束しない。医療現場では、コロナばかりでなく生命を脅かす他の病気にも対応せねばならず、懸命に昼夜分かたず働き続ける医療人たちは、心も身も耗弱していく。毎朝、病院の窓から差し込む朝日を浴びる時、防御服や白衣などに身を包んだ人々は、「医」と言う使命を杖にして、再び立ち上がらなければと決意を固め体を動かし始める。

翌年の五月二十九日、航空自衛隊がコロナの感染率が最も多い東京の空に、六機編成でブルーインパルスを飛ばし、地上で医療する人たちを労うために敬意と感謝を捧げると報道された。

半世紀前の東京オリンピックで、蒼く澄み切った東京の秋空に五つの輪を描きながら飛んだブルーインパルスの姿を覚えている人も、当時まだ生まれてなかった人も、この度の飛行を各メディアで知って、新聞やテレビの画面でフライト経路をチェックした。医療従事者はもとより一般の都民たちも正午過ぎのその時間を待つ。

コロナ感染予防の為に在宅勤務と言う働き方改革が定着しはじめ、多くの人々は勤め先に行かずそれぞれの家で働くテレワークとなり、この日は家族とともにフライトを見て感動を共有しようとそわそわ落ち着かない。

正直言って近年、医療従事者への評価はあまりよろしくなかった。曰く「医は算術か」「人の弱みに付け込んで稼ぐ」「病む人に向かって上から目線」などである。長く医療保険制度で請求されたものの審査や医療の運営など様々な立場で関わってきたオーパちゃんは、もはや高齢で直接医療することはできない。だが知人が病んでいると耳にすると、病む人に誠実で真っすぐに医療の目を向けてくれる医師に、自ら電話やメールという媒体を使って連絡し、的確な医療を受けてもらおうという努力を最近になっても続けていた。コロナという疾患はもとより、治療行為には関わってはいないが、信頼する医師を紹介するというのもまた、医療人として活きているのではなかろうか。そう思うと何としても今回のフライトで示してくれる空からの敬意と感謝を、オーパちゃん自身も、受けていいのではないかと思い始める。

ブルーインパルスの飛行ルートがちょうどマンションの真上と判明する。オーパちゃんの基礎疾患で弱まった脚力を補って、ナマの飛行を見せたいとオカアサンは前日から入念にシミュレーションを行う。

自室のベランダへ出るために先ず室内を車椅子で移動し、乗り移った歩行器でゆっくりと空を見上げる位置まで動く。そこで手すりをしっかりつかんでもらい、洗面所から持って行ったプラスティック椅子に座ってもらう。オカアサンが自分自身で座ってみて空を見上げ「よし、これで万全」と決めた。だが、八十キロにおよぶ大型ペットを転倒することなく、約半分の体重の四十五キロ余の飼育員が、車椅子、歩行器、椅子へ移動させられるだろうか。

時間が迫って、テレビは全ての局でこの快挙の実況を始めた。先ず車椅子を押してベランダへ向かうオカアサンの脳裏には、その昔、オーパちゃんから受けた最高のプレゼントが蘇って来た。

子供たちが小学校に行き、同居の大人たちが出勤して静かになった家の昼下がり、何をして過ごそうかと考えた。小遣い位の収入を得るようにアルバイトしようか、ボランティアとして世の中の人の役立つことをしようか、それとも卒業後すぐに結婚し教養に欠けるので何かを学ぼうかと、あれこれ迷う。

思い余って夫である彼に相談した。

「勉強するのがいい。学費は出して上げるから」と、即座に決定打が出た。彼の親友夫人につき合ってもらい大学で日本史を四年間聴講した。家庭内に冠婚葬祭、嬉しい事、悲しい事と様々なことが起きて、家族のボスであるオーパちゃんの片腕として全てを取り仕切らなければならなかったけれど、その度に勉強の継続を促し「やめるなよ」と励ましてくれた。その後、ドイツ語の語学学校に十三年間通うことになったのも、全て彼からの最高のプレゼントだった。

今、渾身のバカ力を込めて大型ペットの身体を、車椅子から歩行器へ、そして窓際の椅子へと移動する。

空に、彩りあざやかなスモークをたなびかせたブルーインパルス六機は、あっという間に飛翔し去った。機影の消えた空をしばらく、余韻を無言で味わいながら今少しふたりで共有して、転ばないように慎重に室内へと退去した。

街中で転倒して以来、体内に起る様々な感染症のため、その後三年間で片手では数えきれないほど入退院をくり返して、オーパちゃんはその度に階段を一段ずつ下っていく。

「イージィーオール」という号令で、体に引き寄せたオールの先端が水からもち上ると、ボートは静かに水上で停止する。

その年の暮れの大掃除の時、オカアサンはベッドの下から一枚の小さなメモを拾って、しばらくじっとみつめる。

あとがきに代えて

秋真っ盛りの真っ青な空を、ムスメに車椅子を押されながら彼は、晴れ晴れと見上げた。コロナ感染予防で入院患者への面会禁止が少し和らぎ、久しぶりで病室の外庭に出て、備えられた餌台に集まる小鳥たちに目を細め「カワイイねえ」を連発した。

翌々日の天候は一転、早朝から篠つく雨の中、わたしが六十数年伴走してきた、わが家のボス、わたしの最後の大型ペットは、突然思い立ったように「スパート、行くよ」の号令が聞こえたのか大急ぎで、天に向かってオールを引き、漕ぎ昇って逝った。

ペットロスという大穴にはまってしまったわたしを「作りかけの本、仕上げましょうよ」と引っ張り上げて下さったのは、春秋社神田明社長、小林公二編集長、牧子優香編集員のお三方であった。久しぶりに絵筆を握り、エッセイを書き加える企画は、どんどんと膨らみ、この度、ようやく一冊にして頂いたことに、心よりの感謝を申し上げたい。

気がつくとわたしにも、たった独りでなく、友人や家族も含め、多くの伴走者が見える。

著者紹介

比企寿美子（ひき・すみこ）

長崎市生まれ。エッセイスト、日本ペンクラブ会員。フェリス女学院短大卒。加藤恭子門下生として文学を学ぶ。夫の留学でドイツ滞在、その後慶應義塾大学文学部歴史学科聴講生となり、ゲーテ・インスティトゥートで13年間語学研修。雑誌『春秋』にエッセイが掲載され、うち8編が『ベスト・エッセイ集』（文藝春秋）に収録。

著書に『引導をわたせる医者となれ』（春秋社）、『がんを病む人、癒す人』（中公新書）、『航跡――〈KEIO号〉の九人』（中央公論新社）、『アインシュタインからの墓碑銘』（出窓社）、『あのときの蒼い空――それぞれの戦争』（春秋社）、『百年のチクタク』（春秋社）など多数。その他、日本消化器内視鏡、胃癌、独外科など各学会、九州大学医学部、東京女子医科大学などで特別講演、NHK『こころの時代』やBS日テレ『アインシュタイン美しい国日本を旅する』にも出演。

サイド バイ サイド　共存する仲間たち

2023年3月15日　初版第1刷発行

著　者＝比企寿美子（文と絵）
発行者＝神田　明
発行所＝株式会社 春秋社
〒101-0021 東京都千代田区外神田2-18-6
電話（03）3255-9611（営業）・（03）3255-9614（編集）
振替　00180-6-24861
https://www.shunjusha.co.jp/
印刷所＝信毎書籍印刷 株式会社
製本所＝ナショナル製本 協同組合

ISBN 978-4-393-43661-5　C0095
定価はカバー等に表示してあります

■比企寿美子の本

あのときの蒼い空
——それぞれの戦争

戦争は市井の人の心に何を残したのか。幼い頃に空襲を体験したエッセイストが、身近な人々、忘れ難い人々の、かけがえのない人生の〈物語〉を活写。

１９８０円

百年のチクタク

これまでの一〇〇年を振り返り、戦争災害、教育、医療介護とさまざまな場面で、逆境に挫けず果敢に生きる人間像を捉えた著者が未来へ贈るメッセージ。互いに支え合う人間の姿とは。

１９８０円

▼表示価格は税込（10％）